U0108269

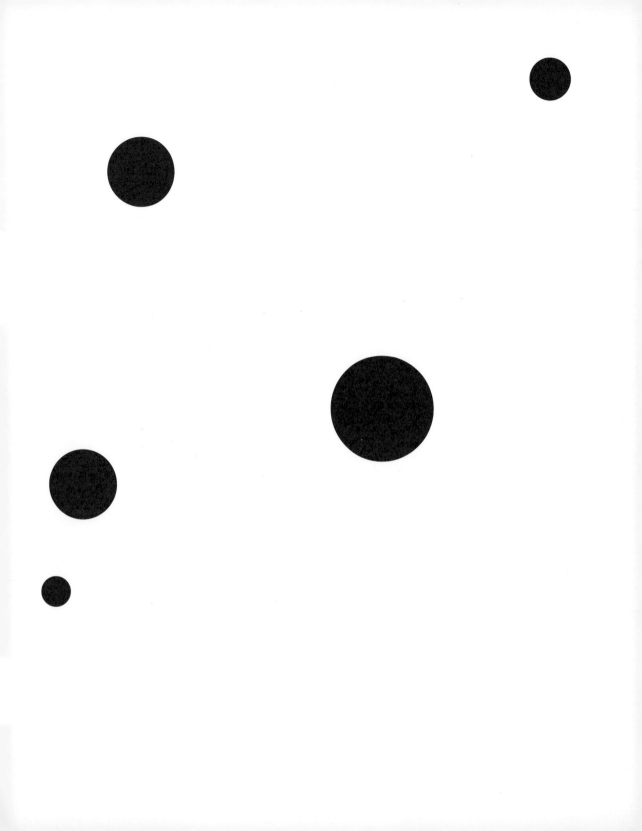

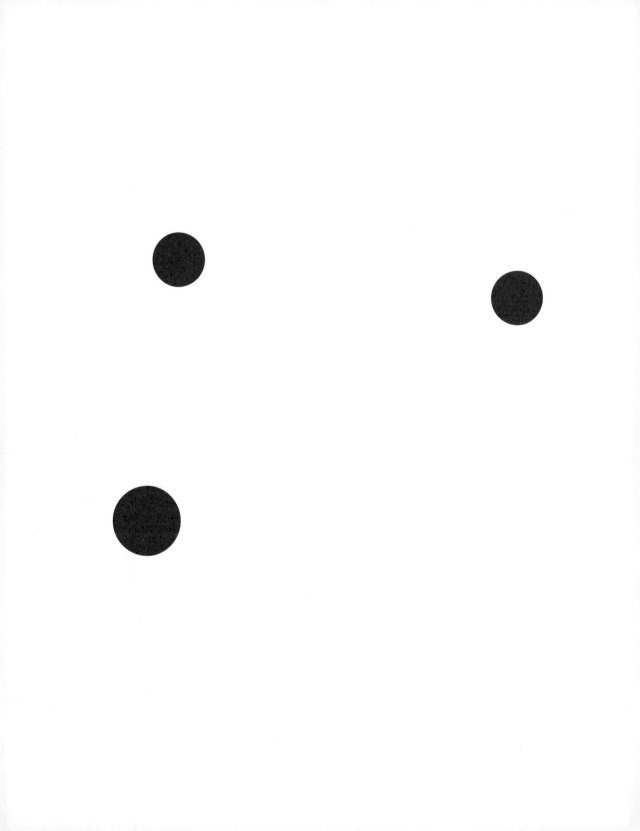

ALICE'S
ADVENTURES *in*
WONDERLAND

Lewis Carroll

ALICE'S ADVENTURES in WONDERLAND

with artwork by **YAYOI KUSAMA**

草間彌生✕
愛麗絲夢遊仙境

作　　　　者	路易斯‧卡羅（Lewis Carroll）
繪　　　　者	草間彌生
譯　　　　者	王欣欣
美 術 設 計	羅心梅
責 任 編 輯	祁怡瑋

副 總 編 輯	陳瀅如
編 輯 總 監	劉麗真
總 經 理	陳逸瑛
發 行 人	涂玉雲
出　　　　版	麥田出版
	地址：10483 台北市中山區民生東路二段 141 號 5 樓
	電話：(02)2500-7696　傳眞：(02)2500-1967
發　　　　行	英屬蓋曼群島商家庭傳媒股份有限公司 城邦分公司
	地址：10483 台北市中山區民生東路二段 141 號 11 樓
	網址：http://www.cite.com.tw
	客服專線：(02)2500-7718 ｜ 2500-7719
	24 小時傳眞專線：(02)2500-1990 ｜ 2500-1991
	服務時間：週一至週五 09:30-12:00 ｜ 13:30-17:00
	劃撥帳號：19863813　戶名：書虫股份有限公司
	讀者服務信箱：service@readingclub.com.tw
香 港 發 行 所	城邦（香港）出版集團有限公司
	地址：香港灣仔駱克道 193 號東超商業中心 1 樓
	電話：+852-2508-6231　傳眞：+852-2578-9337
	電郵：hkcite@biznetvigator.com
馬 新 發 行 所	城邦 (馬新) 出版集團 Cite (M) Sdn Bhd
	地址：41, Jalan Radin Anum, Bandar Baru Sri Petaling,
	57000 Kuala Lumpur, Malaysia.
	電話：+603-9057-8822　傳眞：+603-9057-6622
	電郵：cite@cite.com.my
麥 田 部 落 格	http://ryefield.pixnet.net
印　　　　刷	前進彩藝有限公司
初　　　　版	2013 年 5 月
售　　　　價	700 元
I　S　B　N	978-986-173-915-1

國家圖書館出版品預行編目資料

草間彌生 X 愛麗絲夢遊仙境 / 路易斯‧卡羅
(Lewis Carroll)；草間彌生繪；王欣欣譯. --
初版. -- 臺北市：麥田出版：家庭傳媒城邦
分公司發行, 2013.05 面；　公分

譯自：Alice's adventures in Wonderland
ISBN 978-986-173-915-1 (精裝)

873.59　　　　　　　　　　　　　102006547

草間彌生 X 愛麗絲夢遊仙境

Alice's Adventures in Wonderland
with artwork by Yayoi Kusama

CONTENTS

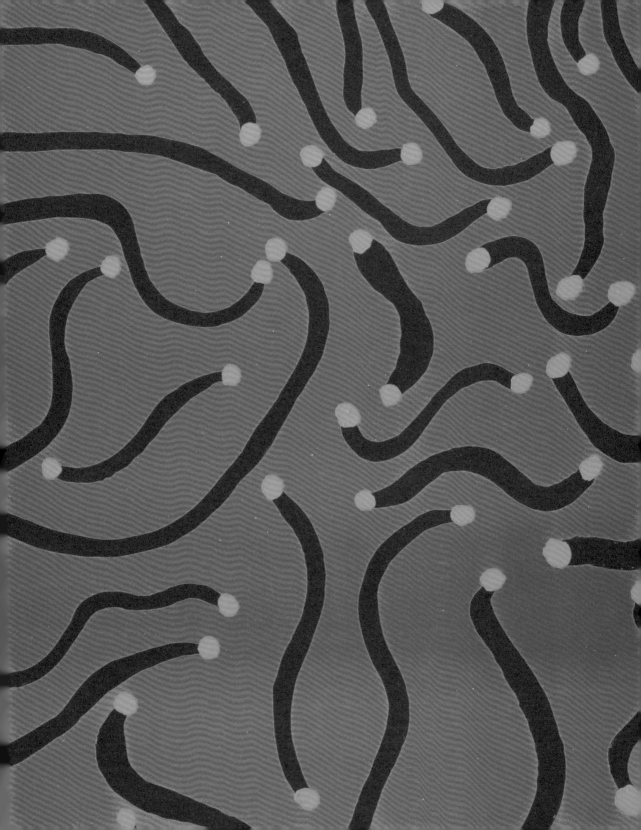

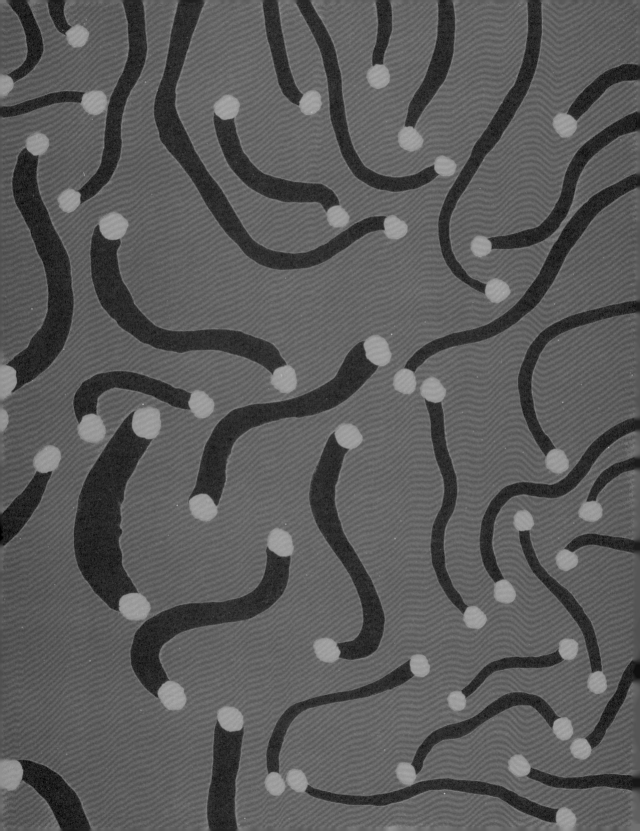

第 一 章

掉進
兔子洞

*愛麗絲*和姊姊坐在河邊，姊姊看書，她無事可做，有點無聊。瞄一兩眼姊姊的書，沒圖也沒對話，愛麗絲心想：「沒有圖畫又沒有對話，這種書有什麼用？」

於是她心裡頭盤算（如果還能盤算的話。天氣太熱，把她熱得又睏又笨）起來，不知道做花環的樂趣值不值得費事起身摘雛菊。就在這個時候，有隻粉紅眼睛的白兔子跑過身邊。

這沒什麼稀奇，就連聽見兔子自言自語：「糟了！糟了！我要遲到了！」愛麗絲都不覺得特別奇怪（後來回想起來，覺得應該納悶，但在當下一切都顯得好自然）。

掉進兔子洞

　　接著兔子居然從背心口袋掏出一隻懷表，看看表，再繼續趕路。愛麗絲突然閃過一個念頭，她從沒見過兔子穿背心，更別說還能從背心口袋裡掏出表來，便燃起好奇心，追了上去，及時看見兔子鑽進籬笆下一個大兔子洞。

　　愛麗絲跟著鑽了進去，想都沒想等會兒要怎麼出來。

　　兔子洞起初像個隧道，之後突然筆直向下，像一口很深很深的井。愛麗絲來不及停步，就掉了進去。

　　這井一定很深，要不然就是愛麗絲掉得很慢，因為她一邊向下掉，一邊還有空觀察四周，揣測接下來會發生什麼事。首先，她努力往下看，想看看自己會掉到哪裡去，可是太暗了，什麼也看不見。再看看四周牆上，滿是櫥櫃和書架，還掛了些地圖和圖畫。她隨手從架上拿了個罐子，標籤寫著

「**帶皮橙醬**」，可惜是空的，真教人失望。她不敢扔下罐子，怕砸死下頭的人，只好在經過另一個櫥櫃的時候把罐子放了進去。

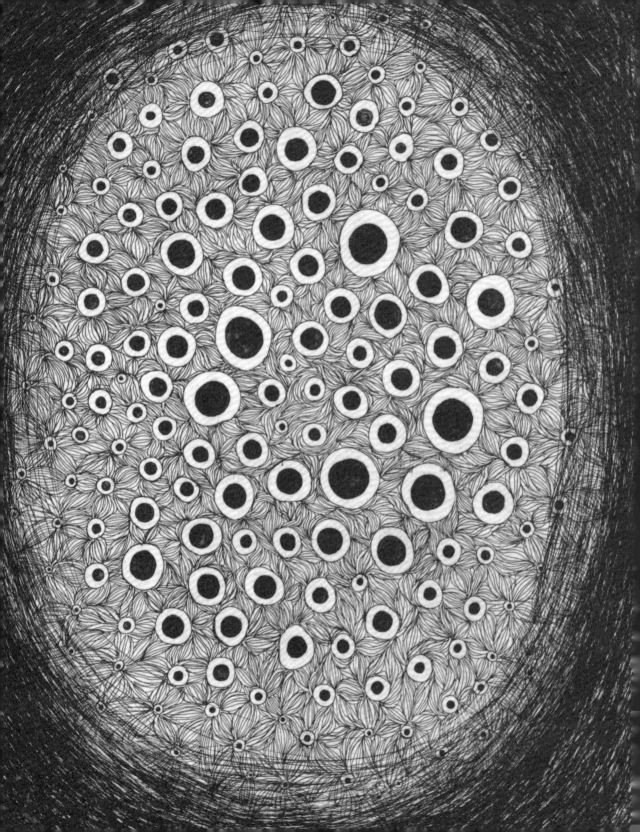

「也罷！」愛麗絲心想：「歷經這麼一跌，以後我再也不會把滾下樓梯之類的小事放在眼裡了！家裡的人一定會覺得我很勇敢！哪怕從屋頂摔下來，我也一聲都不會吭！」（這話倒極可能屬實。）

掉啊，

掉啊，

掉。 怎麼一直掉不到底呢！「不知道我這回掉了幾哩深？」她大聲說：「我一定正朝地球中心而去。讓我想想，那得有四千哩吧……（這類東西愛麗絲在學校學過一些，雖說此刻身旁沒人，並非炫耀的大好時機，但說出來練習一下也不錯）沒錯，差不多就是這個距離。只不曉得現在掉到了哪個經度，哪個緯度？」（愛麗絲根本不知道經度和緯度是什麼東西，只覺得這些字眼說起來很了不起。）

沒一會她又說話了：「不知道會不會一路掉到地球另一邊去？要是我掉出來的時候，旁邊全是些頭下腳上走路的人，該有多怪！那好像叫做反感人……」（這會兒她挺慶幸沒人聽見，因為聽起來

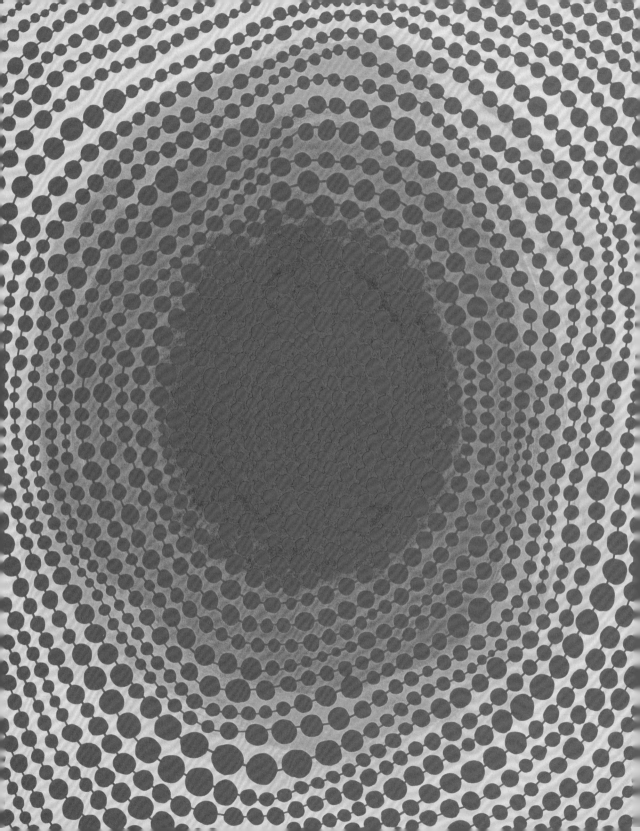

怪彆扭的,恐怕講錯了。)「不過我該請教他們國名才是。這位女士,請問一下,這裡是紐西蘭還是澳大利亞?」(她想一邊說話一邊行曲膝禮……但你想想,在墜落時行屈膝禮是什麼樣子!你辦得到嗎?)「可是這麼一來,她一定會當我是個無知的小孩!不行,絕對不能問,還是等著用看的吧,也許國名會寫在什麼地方。」

掉啊,
掉啊,
掉 。 愛麗絲沒別的事好做,很快又說起話來:「黛娜今天晚上一定會很想我!」(黛娜是隻貓。)希望他們別忘了喝茶的時候要給牠一碟牛奶。黛娜,親愛的黛娜!要是你在這裡和我一起多好!半空中雖然沒有老鼠,可是或許可以抓蝙蝠,蝙蝠還挺像老鼠的。就只不曉得貓咪吃不吃蝙蝠。」愛麗絲有點睏了,半夢半醒自言自語:「貓咪吃不吃蝙蝠?貓咪吃不吃蝙蝠?」有時候還說成:「蝙蝠吃不吃貓咪?」反正兩個問題她都答不出來,怎麼問也就不重要了。她覺得自己昏沉沉好像睡著了,夢見和黛娜手牽手散步,認真地問:「黛娜,快點老實告訴我,你有沒有吃過蝙蝠?」說時遲那

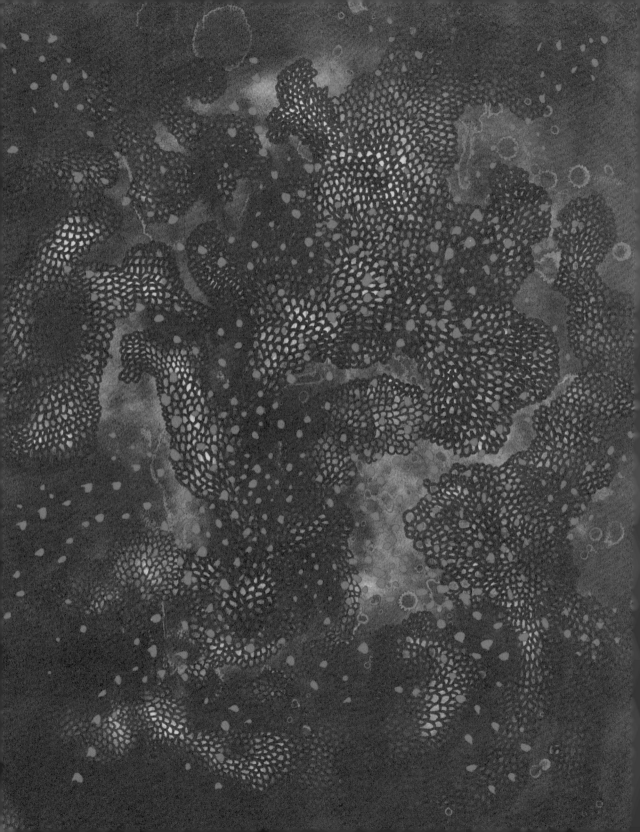

時快，砰！砰！她落在一堆樹枝和枯葉上，終於著地了。

　　愛麗絲完全沒受傷，立刻一躍而起。抬頭
看看上方，一片漆黑。前方是長長的走道，
行色匆匆的白兔還沒走出視線範圍，愛麗
絲趕緊一陣風似地追了上去，及時在牠轉彎
時聽見：「我的耳朵，我的鬍子呀，我真的遲到
啦！」她明明快追上了，可是兔子一轉過牆角就消失了蹤影，
留她獨自站在一條低矮的長廊上，頂上亮著一排吊燈。

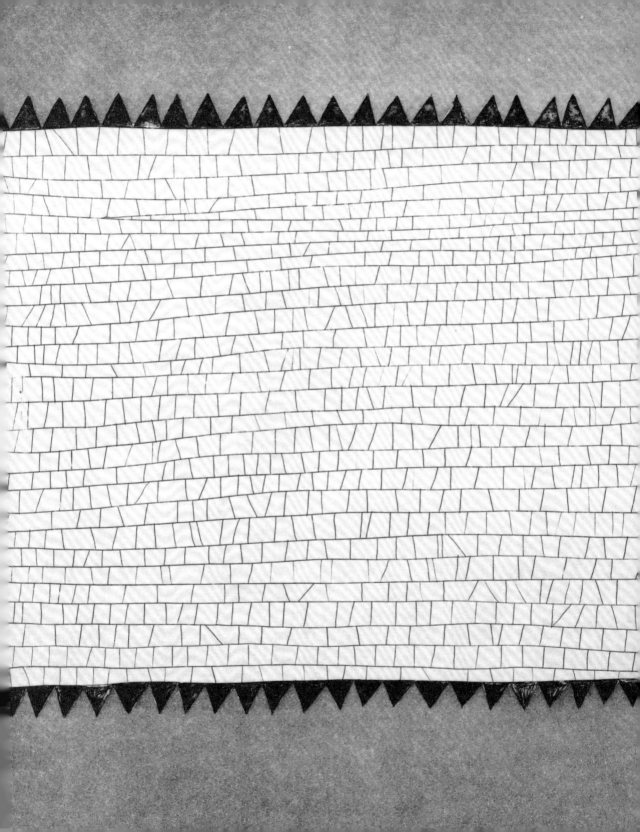

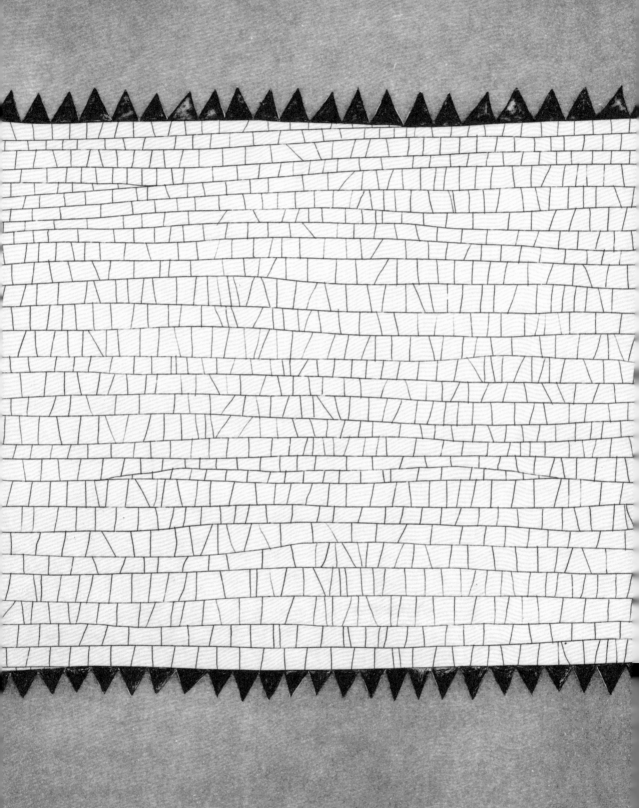

　　走廊上到處都是門，可是全鎖著，愛麗絲走到這一頭、又走到那一頭，每扇門都打不開，不知道要怎麼出去，只好傷心地走回中間。

　　忽然，她看見一張三條腿的小桌子，整張都是玻璃做的，桌上沒別的東西，只有一把小小的金鑰匙。愛麗絲的第一個念頭就是：這鑰匙能開走廊上的門。可惜，哎呀！不是門鎖太大，就是鑰匙太小，總之一扇門都打不開。她不死心，從頭再試一遍，這回發現了一塊方才沒留意的及地帷幔，帷幔後面有扇高約十五吋的小門。她試著把小金鑰匙插進去，正合適，真是太好了！

　　愛麗絲打開門，這門比老鼠洞大不了多少，門外有條小路，通往一座可愛極了的小花園。她好想離開這昏暗的走廊，去花園裡鮮豔的花朵和清涼的噴泉之間逛逛，可是那門太小，連她的頭都鑽不過去。可憐的愛麗絲心想：「就算頭過得去，沒肩膀也不行呀。噢，我要是跟望遠鏡一樣能縮小多好！我想我應該辦得到，只要知道怎麼開始就成。」你看，剛剛遇到太多怪事，愛麗絲已經覺得沒有什麼事是不可能的了。

　　站在小門旁邊乾等也沒有用，她回到桌邊，希望能在上頭找到另一把鑰匙，或者是什麼教人像望遠鏡般伸縮的書。這回她找到了一個小瓶子（愛麗絲說：「先前它絕對不在這裡。」），繫在瓶頸的標籤紙上有兩個漂亮的大字：*喝我*。

　　瓶上標著「喝我」固然好，但聰明的小愛麗絲可不會急著照做。她說：「不行，我得先檢查檢查，看看上頭有沒有『毒藥』字樣。」她讀過幾篇真實的小故事，故事裡的小孩沒能牢記朋友教導的簡單守則，結果不是燒傷，就是給野獸吃掉，都沒什麼好下場。那些守則包括：熱得發紅的撥火棍拿太久會燙傷手；刀子割手太深通常會流血；還有一樣她牢記不忘，就是：喝多了標著「毒藥」字樣的東西，早晚總會肚子疼。

　　不過，這個瓶子上頭沒有「毒藥」二字，所以愛麗絲冒險嚐了嚐，味道很好（說真的，就像綜合了櫻桃塔、卡士達、鳳梨、烤火雞、太妃糖和熱奶油吐司），很快就喝光了。

* * * *

* * *

* * * *

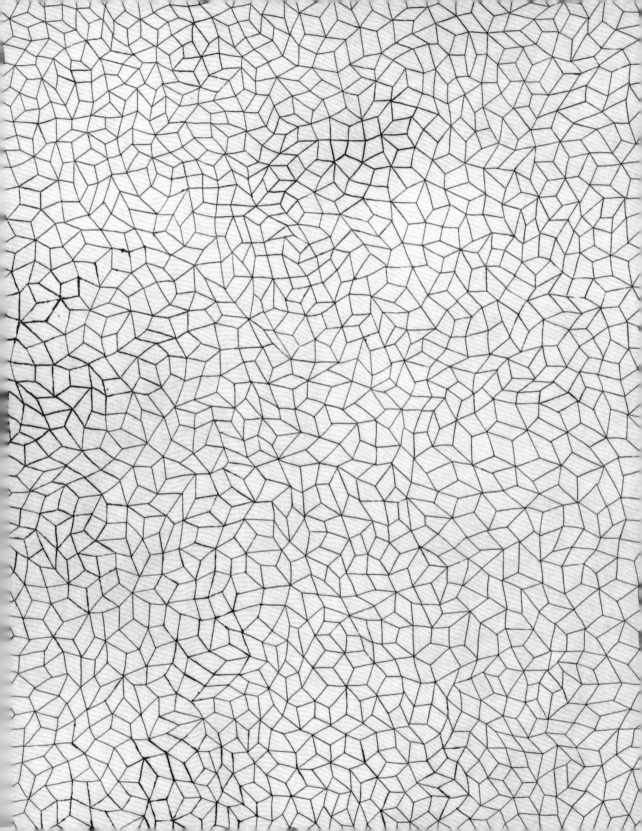

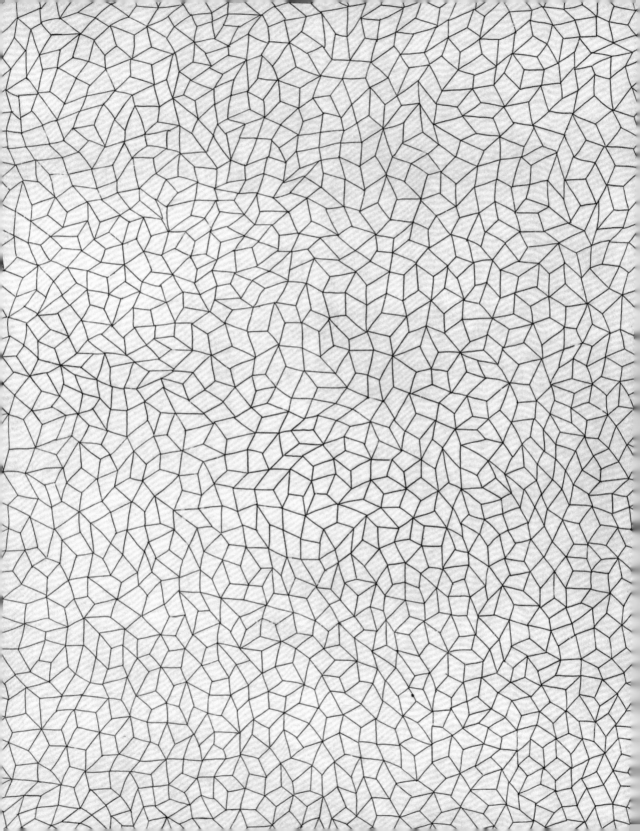

「這感覺

好奇妙啊！」

愛麗絲說。

「我肯定

正在縮小，

跟望遠鏡似的！」

　　一點也不錯，她現在只剩十吋高，想到自己過得了那道通往可愛花園的小門，高興得臉發亮，不過一直等到確定不再繼續縮小，才放下心。愛麗絲對自己說：「要是到頭來我像蠟燭似地熄滅了，完全消失了，不知道會變成什麼樣子？」她好像從沒見過燭火吹滅之後的樣子，只好努力想像。

　　等了一會兒，沒再有別的變化，她決定立刻進花園去。可是，哎呀，可憐的愛麗絲！到了門邊，才發覺忘了帶小金鑰匙；回桌邊拿，卻發覺拿不到了。從玻璃桌下頭清楚看得見鑰匙在桌上，她想爬桌子腿上桌，但桌子腿太滑，怎麼爬都爬不上去，累得她坐在地上大哭起來。

　　愛麗絲有點嚴厲地對自己說：「別這樣，哭有什麼用！我勸你快快住口！」通常她給自己的忠告都挺好的（雖然不常照做），不過有時候太過嚴厲，會弄哭自己，某一回和自己打鎚球的時候作弊，甚至想打自己耳光。這孩子古怪，喜歡一人分飾兩角。可憐的愛麗絲心想：「現在想假裝成兩個人也辦不到啦，因為我只剩這麼一點點，連要當『一』個像樣的人，只怕都不夠用呢。」

　　接著，她眼光落在桌子下頭的小玻璃盒上，打開一看，裡面有塊很小的蛋糕，上頭用醋栗果乾排出了漂亮的「吃我」二字。「那我就吃吧。如果吃了會變大，就拿得到鑰匙；如果吃了縮更小，就從門縫下鑽進去。既然無論如何都進得了花園，那麼變大還是變小我無所謂！」愛麗絲說。

　　她先吃一小口，緊張地自言自語：「大還是小？大還是小？」還把手伸到頭頂上方，想感覺一下自己究竟朝哪個方向改變，結果發現尺寸沒變，這當然是平常吃蛋糕該有的正常現象，可是愛麗絲對不尋常的事習以為常之後，正常的事反倒顯得很蠢很無聊。

　　於是她繼續吃，很快就把蛋糕吃完了。

* * * *

* * *

第 二 章

淚池

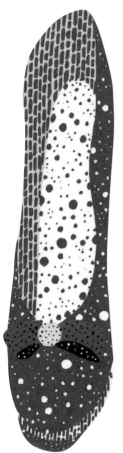

愛麗絲 大叫：「越來越多奇怪了（她太驚訝了，一時之間居然忘了正確的語法）！我像全世界最大的望遠鏡，拉得好長啊！再見了，我的腳（因為她低頭幾乎看不見腳，距離太遠了）！」她心想：「噢，我可憐的小腳丫子，親愛的，這下子誰來幫你穿鞋穿襪呢？我確定我辦不到！我離得太遠太遠啦，顧不上你，你得自求多福。不過我應該要對腳好一點，否則它們恐怕不會照我的意思走路！這樣吧，每年聖誕節送它們一雙新靴子。」

要怎麼送呢？她想：「得請人送才行。請人送禮物去給自己的腳，真好笑！收件資料看起來一定很怪！

壁爐旁邊
地毯上
愛麗絲的右腳鈞啓
愛麗絲敬贈

哎唷，我在胡說八道什麼呀！」

就在這個時候，她的頭猛然撞上了屋頂。現在她長到九呎多了，連忙拿起鑰匙，衝到花園門邊。

可憐的愛麗絲！如今她頂多只能側躺下來單眼看花園，比剛才更沒希望進去了。她坐下來，又哭了。

「你都這麼大了（這話不假）還哭成這樣，難不難爲情啊！你給我立刻停下來！」可是她沒停，落下好幾侖淚水，在身邊積成了一個大水池，淹了半條走廊，深約四吋。

過了一會兒，她聽見遠處傳來啪躂啪躂的腳步聲，連忙擦乾眼睛，看看來的是誰。原來是白兔盛裝回來了，一隻手拿著白色羔皮手套，另一隻手拿著大扇子，行色匆匆，一邊趕路一邊自言自語：「噢，女公爵啊，女公爵啊！噢！我竟敢讓她等，她一定會發火啊！」愛麗絲此刻無計可施，找誰求援都肯，白兔一走近，她就怯生生問道：「先生，不知道您願不願意……」兔子嚇了一大跳，扔下白羔皮手套和扇子就跑，全速逃進了黑暗之中。

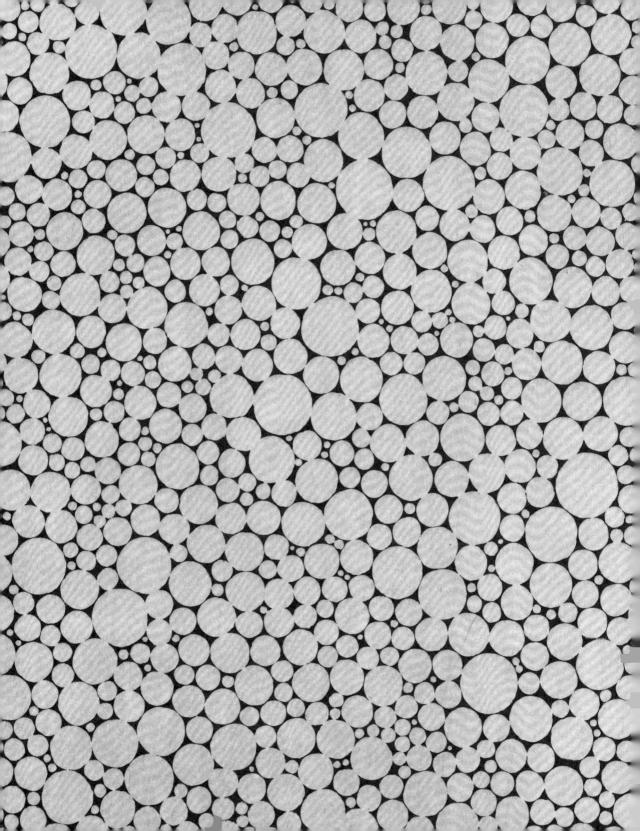

　　愛麗絲拾起扇子和手套，長廊很熱，所以她一邊搧扇子一邊說：
「天啊，天啊！今天所有的事都好奇怪啊！昨天還好好的呀，是
不是夜裡我變了？容我想想：今天早上起床的時候我還是原樣嗎？
好像感覺有那麼一點點不同。可是如果我和從前不一樣，那麼，現
在的我到底是誰呢？啊，這眞是個大謎！」她把所有認識的同齡小
孩都在腦子裡想一遍，看看自己是不是變成了其中一個。

　　她說：「我確定我不是愛達，因爲她的頭髮又長又捲，
我的頭髮一點也不捲；也確定我不是美寶，因爲我什
麼都知道，而她，噢，她知道的很少很少！更何況她
是她，我是我，而且……噢，天啊，這一切把我搞糊
塗了！我得看看從前知道的事現在還記不記得。比如說：四乘五等
於十二，四乘六等於十三，四乘七等於……噢，天啊！這
樣子永遠都算不到二十！算了，乘法表沒那麼重要，來
說說地理吧。倫敦是巴黎的首都，巴黎是羅馬的首都，而羅
馬……不對，全錯了，我肯定是變成美寶了！來背背那個
小……」她雙手交疊放在腿上，像背課文似地背起詩來，
可是聲音聽起來有點啞，有點怪，字句好像也不太對：

淚池

小鱷魚好厲害
　　用耀眼的尾巴
以尼羅河的水
　　澆洗每片金色的鱗

牠笑得多開心
　　爪子張得多整齊
以溫柔微笑的嘴
　　歡迎小魚光臨

23

愛麗絲說：「這些句子肯定不對。」熱淚再度湧上眼眶。「我一定變成美寶了，不但得住簡陋的小房子，幾乎沒有玩具可玩，而且，噢，有好多課都要重上！不，我決定了，如果我是美寶，那我就要留在這下面！就算他們探頭下來說：『親愛的，上來吧！』也沒用。我會仰頭告訴他們：『你先說說我是誰，如果是我願意當的人，我就上去；如果不是，那我要留在這裡，等到變成別人再說。』……可是，噢，天啊！」愛麗絲突然又淚如雨下。「我還真希望他們會探頭下來！我不想再一個人孤伶伶待在這裡了！」

說這話時她低頭看手，很驚訝地發覺自己說著說著把兔子的小白羔皮手套戴了起來。「我怎麼戴得下兔子的手套？」她心想：「莫非又縮小了。」她起身跑到桌邊，靠桌子的高度來量自己的高度，結果大約只剩兩呎，還在迅速縮小。她很快發覺是手上的扇子造成的，趕緊扔下，才沒縮到無影無蹤。

「好險！」愛麗絲讓這突如其來的變化嚇了一大跳，很慶幸自己還存在，沒有消失。

淚池

「那就快進花園去吧！」她用最快的速度跑回小門旁邊，但是，天啊！門還是關著的，而鑰匙依舊在玻璃桌上。那可憐的孩子心想：「這可真是前所未有的糟啊，因為我從來沒這麼小過，從來沒有！我在此正式聲明，這太糟糕了，真的！」

就在說話的時候她腳下一滑，然後，嘩啦啦！鹹水淹到了下巴。

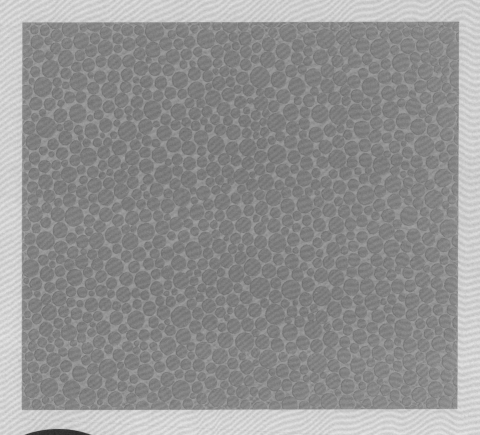

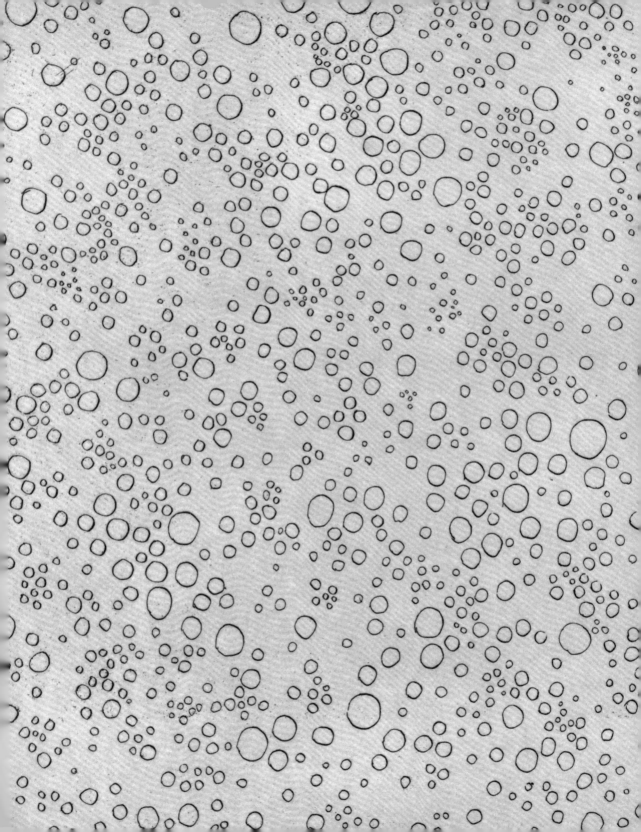

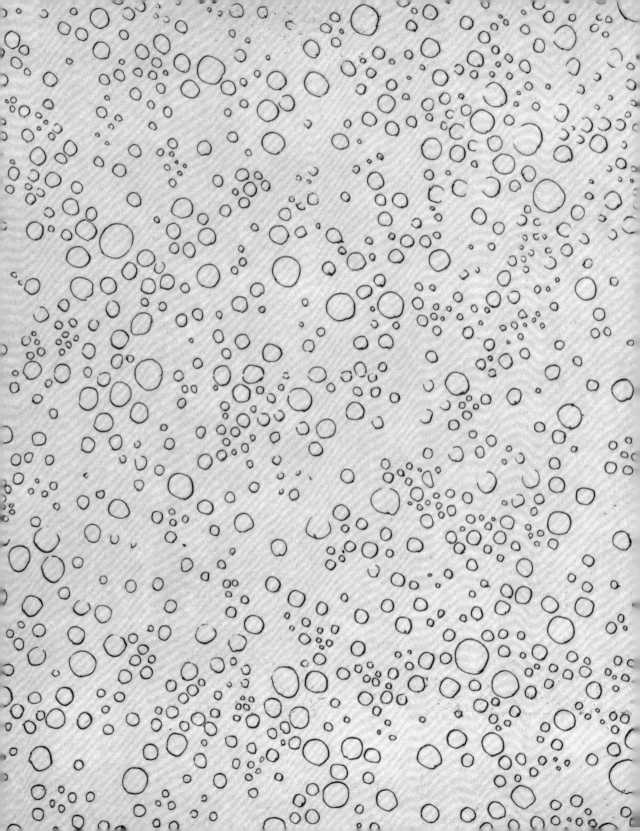

她的第一個念頭是，怎麼掉進海裡啦！於是對自己說：「可以坐火車回家了。」（愛麗絲這輩子只去過海邊一次，以爲不論你去英國哪一處海邊，都會看見海裡有許多更衣車，沙灘上有小孩拿著木鏟玩沙，後頭有一排木屋，再後頭就有火車站。）不過，她很快就明白過來，這池子水是剛才她九呎高的時候哭出來的淚水。

「要是剛剛沒哭那麼厲害就好了！」愛麗絲游來游去，想找出路。「我說不定會淹死在自己的眼淚裡，眞是自作自受！要是眞的那樣，豈不怪哉！但是話說回來，今天每件事都怪。」

話一說完，她聽見不遠處有打水聲，就游過去看看。起初看那東西的樣子，以爲是海象或河馬，後來想到自己現在有多小，才認出那是老鼠，一隻和自己一樣失足滑進池子裡的老鼠。

愛麗絲心想：「現在跟這隻老鼠講話不知道能不能通？在這下頭一切都超出常理，老鼠也很有可能會說話呢。就試試看吧，反正不成功又不會怎樣。」於是她說：「噢，老鼠，你知道怎樣才能離開這池子嗎？我受夠了，不想再一直游來游去了，噢，老鼠！」愛麗絲認爲跟老鼠講話就該這樣才對，因爲她雖然沒跟老鼠講過話，卻看過哥哥的拉丁文法書。「一隻老鼠—老鼠的—給老鼠—一隻老鼠—老鼠啊！」那隻老鼠用探究的表情看她，似乎還眨了眨小眼睛，卻不發一語。

　　愛麗絲心想：「也許他聽不懂英語，搞不好是隻法國鼠，隨『征服者威廉』來的。」（愛麗絲雖然有點歷史知識，卻並不清楚那些歷史事件是多久以前發生的。）於是她用法語說出法語教科書上的第一個句子：「我的貓在哪裡？」老鼠立刻跳出池子，嚇得全身發抖。愛麗絲怕自己說錯了話，傷到了這隻可憐的動物，急忙大聲說：「噢，對不起！我忘了你不喜歡貓。」

　　「不喜歡貓！」老鼠尖聲大叫，相當激動。「如果你是我，還會喜歡貓嗎？」

　　「嗯，可能不會。」愛麗絲柔聲安撫。「別生氣。我真希望能讓你看看我家的貓黛娜，要是見了牠，你就會喜歡貓了。牠又文靜又可愛。」愛麗絲在池子裡有一下沒一下地游著，有點像自言自語地說：「牠會在壁爐旁邊發出好聽的呼嚕聲，舔爪子洗臉，而且摸起來好軟好舒服，更是捉老鼠的高手。噢，真對不起！」愛麗絲再度大聲道歉，因為老鼠氣得全身的毛都豎起來，想必著實受到了冒犯。「如果你不想談牠，那我們就再也不提牠了。」

　　「我們？有沒有搞錯！」老鼠大叫，從頭一直抖到尾巴尖。「好像『我』會談這個話題似的！我們家族向來恨貓，牠們是齷齪、下流、沒水準的東西！別再讓我聽見那個名字！」

　　「不會了，真的不會！」愛麗絲急著換話題，就說：「那你……那

29

你喜不喜歡⋯⋯狗？」老鼠沒回答，愛麗絲就熱切地說了下去：「我家附近有隻可愛的小狗，我真　　　　　想讓你看看！那隻小梗犬眼睛很亮，然後呢，一身　　　　　棕色的毛好長好捲。牠會把你丟出去的東西撿回來，　　　　會用後腿坐得好好地求你餵飯，牠會的事情可多了，多得我連一半都記不住。狗主人是農夫，說牠很有用，值一百鎊！還說牠能把老鼠什麼的統統殺光！噢，糟了！」愛麗絲哀嚎一聲。「恐怕我又冒犯牠了！」老鼠不但使勁游開，還濺起好大的水花。

她在老鼠身後輕喚：「親愛的老鼠！回來啦！如果你不喜歡貓和狗，我們就不聊牠們！」老鼠聽了，轉身慢慢游回來，臉色相當蒼白（愛麗絲覺得牠還很激動），顫抖著低聲說：「先上岸，我再把我的故事講給你聽，聽完就明白我為什麼恨貓和狗了。」

是該走了，因為太多鳥獸落進池裡，池子越來越擠了，有一隻鴨子、一隻多多鳥、一隻鸚鵡、一隻小鷹，還有些別的奇禽異獸。愛麗絲領頭，大家向岸邊游去。

第 三 章

黨團會議賽跑
與長故事

這群動物 聚集在水邊，看起來眞夠怪的。鳥的羽毛濕答答、獸毛濕得貼在身上，大家全都滴著水，又生氣，又難受。

現在首要之務當然是把身體弄乾，他們開會討論這個問題，幾分鐘後愛麗絲就發覺自己和大家聊得很自然，好像從小就認識了。她甚至和鸚鵡爭論，爭論了很久。最後鸚鵡沉下臉來，只說：「我年紀比你大，懂得比你多。」愛麗絲又不知道鸚鵡幾歲，如何肯服小。但鸚鵡堅決不肯透漏年齡，也就只好不了了之。

最後，大伙兒中看起來最有權威的老鼠喊道：「坐下，統統坐下，聽我說！我很快就能讓你們乾燥！」大家立刻以老鼠爲中心，圍成一個大圈子坐好。

愛麗絲緊張地盯著老鼠看，因爲如果不趕快把身體弄乾，她一定會感冒。

「呃哼！」老鼠一副神氣相。「準備好了嗎？就我所知，這是最乾燥[1]的事了。請大家保持安靜！『征服者威廉得到教皇支持，英國人很快就臣服其下，因為他們需要領導人，並且受夠了奪權篡位與征戰。愛德溫與莫卡，也就是莫西亞和諾森比亞……」

「啊！」鸚鵡打了個冷顫。

「不好意思！」老鼠雖然皺起眉頭，但還是很有禮貌地問：「您剛說話了嗎？」

鸚鵡連忙回答：「不是我！」

「我還以為您說話了。」老鼠說：「……那我就繼續囉。『愛德溫與莫卡，也就是莫西亞和諾森比亞伯爵，都公開表態支持，就連坎特伯利大主教史迪根也發現此時應識時務……」

鴨子問：「發現什麼？」

「『此』，就是『這個』。」老鼠回答得有點生氣。「你當然知道『這個』指的是什麼吧？」

「我當然知道。『我』發現某樣東西的時候，當然知道是什麼，」鴨子說：「通常會是青蛙或蟲。我要問的是，大主教發現了什麼東西？」

老鼠對此問題不予理會，匆匆往下說：「『發現此時應識時務，

◎1. 英文的 dry 有乾燥也有枯燥的意思，老鼠弄混了。

便與愛德格‧亞瑟陵一同去見威廉，表明願尊其為王。威廉初時行為尚屬節制，但其諾曼部屬傲慢無禮⋯⋯』親愛的，現在怎麼樣？」老鼠轉頭問愛麗絲。

「跟剛才一樣濕，」愛麗絲沮喪地說：「好像一點也沒比較乾。」

「那麼，」多多鳥肅然起身，「我提出臨時動議，中止會議，立刻改採較為積極的補救措施⋯⋯」

「請說英文！」小鷹說：「你用的那些詞有一半以上我聽不懂，而且，我相信你也不懂！」小鷹低頭偷笑，有些鳥笑出了聲。

「我本來要說的是，」多多鳥不高興了，「我們要想弄乾身體，最好的辦法就是黨團會議賽跑◎2。」

愛麗絲問：「黨團會議賽跑是什麼？」倒不是她真有多想知道，而是多多鳥暫停的樣子像是期待有人接話，卻沒人打算搭腔。

多多鳥說：「這個嘛，說也說不清楚，做了就懂了。」（說不定冬天你也會想做做看，我就把多多鳥的做法告訴你吧。）

多多鳥先把跑道畫出來，大致上是個圓圈。（牠說：「形狀如何並不重要。」）大家沿著那個圓圈隨意找位置站定，也不用喊「一、二、三」，想跑就開始跑，想停就停，所以很難說比賽是在什麼時候結束的。

◎2. Caucus 是美國的黨團會議，race 除了賽跑也有選舉的意思，多多鳥把它當成賽跑⋯

總之他們跑了半個小時左右，身上差不多乾了，多多鳥就突然高喊：「比賽結束！」大家圍住牠，氣喘吁吁地問：「那誰贏了？」

這問題可不好答，多多鳥得好好想想。牠用一隻手指頭支著額頭（就是莎士比亞畫像常見的那個姿勢），坐在那裡想了好久，大家都安靜地等。最後多多鳥終於說：「大家都贏了，統統有獎。」

大家異口同聲問：「那誰來給獎呢？」

「誰？當然是她。」多多鳥指指愛麗絲，大家立刻圍上去，七嘴八舌高喊：「獎品！獎品！」

愛麗絲不知道怎麼辦才好，不抱任何希望地把手伸進口袋，沒想到竟掏出了一盒蜜餞（好在鹹水沒滲進去），便讓大家傳下去，當作獎品，正好一人一個。

老鼠說：「可是她自己也該有個獎品呀。」

多多鳥非常嚴肅地說：「當然。」接著轉身問愛麗絲：「你口袋裡還有什麼？」

愛麗絲哀傷地說：「只剩一個頂針。」

多多鳥說：「交給我。」

大家再次圍住她，多多鳥嚴肅地頒

發頂針，說：「謹此獻上雅緻頂針一枚，請您收下。」簡短致詞結束之後，大家歡呼起來。

　　愛麗絲雖然覺得整件事很荒謬，但是看大家態度這麼嚴肅，就
　　　不敢笑。她不知道說什麼才好，只好
　　　　簡單鞠個躬，接過頂針，盡可
　　　　能也裝出嚴肅的表情。

　　接下來，吃蜜餞引起了一陣吵雜混
亂。大鳥嫌分量太少，嚐不出滋味；小鳥
　　　　　一吃就噎著，得讓人拍背。
　　　　　　總算忙完之後，大家才又圍個圈坐下，求老鼠再
　　　　　　講點事情來聽。
　　　　　　　愛麗絲說：「你答應要講你的故事給我聽
　　　　　　的，還要說說為什麼恨……喵和汪。」最後三個
　　　　　字她聲音壓得很低，唯恐又惹他生
　　　　　氣。
老鼠對愛麗絲說：「我的故事◎3很長又很悲傷。」

　　「你的尾巴確實很長。」愛麗絲低頭看看老鼠的
尾巴，挺好奇的。「可是為什麼說它悲傷呢？」她一邊聽老鼠說話，
一邊推敲，於是那個故事在她腦子裡就成了這個樣子：

　　老鼠厲聲對愛麗絲說：「你沒專心聽！在想什麼？」

◎3. 與「尾巴」同音。

39

法利在
家遇見
鼠，要將
老鼠來控
訴。「我要
告你，不許
分辯，因爲
今早，我太
閒。」老
鼠告訴壞
狗：「閣下
請勿妄動。沒
陪審團，亦無
法官，此種
審判，只是
白　忙。」
「法官我
做，陪審我
當。」老狗
狡滑，自有
主張。「案
件全由我
來審，保
你能把鼠命
喪。」

「眞對不起，」愛麗絲低聲下氣說：「講到第五個彎了對吧？」

「才怪咧！」老鼠氣得大叫。

「有結？」愛麗絲向來熱心助人，連忙四下張望。「噢，讓我來幫你解。」

「哪裡有什麼結？」老鼠起身走開，「你故意說這種話來羞辱我！」

「我不是故意的！」可憐的愛麗絲苦苦辯解：「你也太容易生氣了！」

老鼠哼了一聲，不理她。

愛麗絲在身後喚牠：「求求你，回來把故事講完吧！」大家也都說：「是啊，拜託，回來吧！」老鼠卻不耐煩地搖搖頭，加快了腳步。

老鼠的身影遠得快要看不見了，鸚鵡嘆口氣說：「牠不肯留下眞是可惜！」有隻老螃蟹抓住機會教育女兒：「啊，親愛的，你要記取這個教訓，絕對不要發脾氣！」小螃蟹頂嘴：「別說了，媽！就連最有耐性的牡蠣都受不了你！」

愛麗絲大聲說：「要是我們家黛娜在就好了！」這話不是特別對誰說的。「牠一下子就能把牠抓回來。」

鸚鵡說：「請容我問一句，黛娜是誰？」

愛麗絲最愛聊她的寵物，迫不及待。「黛娜是我

們家的貓，是抓老鼠的高手。我真想讓你們看看牠抓鳥的本事，牠只要一見到小鳥，就會立刻把鳥吃掉！」

這番話引起了很大的騷動，有些鳥兒匆匆離去。有隻老喜鵲小心把自己裹好，說：「我真的得回家了，夜晚的空氣對我的喉嚨不好！」有隻金絲雀用顫抖的聲音對孩子喊：「走吧，寶貝，你們都該上床睡覺了！」大家紛紛拿出各種藉口離開，很快就只剩愛麗絲留在原處。

她鬱悶地對自己說：「要是沒提黛娜就好了！這裡好像誰都不喜歡牠，可是我確定牠是全世界最好的貓！噢，親愛的黛娜，真不知道我還能不能再見到你！可憐的愛麗絲感到寂寞消沉，忍不住又哭了起來。過沒多久，聽見遠處微微傳來趴躂趴躂的腳步聲，她抬起頭，滿心期待，希望是老鼠改變了主意，回來要把故事講完。

第四章

兔子派來
小比爾

原來是 白兔踏著小碎步回來了。牠倉徨四顧，像是掉了東西，自言自語說：「女公爵！女公爵！我親愛的爪子，我的毛和鬍鬚！她一定會殺了我，這下子我死定了！我究竟把東西掉在哪裡了呢？愛麗絲很快就猜出牠在找扇子和那雙白羔皮手套，好心幫著找，可是東西不見了，她在池子裡游泳之後一切好像都變了，那個巨大的長廊、玻璃桌和小門全都消失無蹤。

白兔很快就注意到愛麗絲也在找，怒氣沖沖朝她喊：「喂，瑪麗安，你在這裡做什麼？快跑回家幫我拿一雙手套和一把扇子來！快點，現在就去！」愛麗絲嚇得立刻朝他指的方向跑，沒告訴他認錯了人。

43

　　她邊跑邊對自己說：「他把我當成女僕了，等搞清楚我是誰，一定會嚇一跳。不過如果找得到他的扇子和手套，最好還是拿給他。」說著說著，身旁出現了一座小巧的房子，門上有個光亮的黃銅門牌，刻著 **「白兔」** 二字。她沒敲門就闖了進去，衝上二樓，唯恐撞見真的瑪麗安，來不及找到扇子和手套就給趕出去。

　　愛麗絲對自己說：「我居然幫兔子跑腿，真妙啊！下回黛娜也要叫我幫牠辦事了！」她開始想像以後會有這種事情：「『愛麗絲小姐！趕快過來準備，要去散步啦！』『馬上過去！可是，保母，我得先守住老鼠洞，不讓老鼠出去，等黛娜回來。』不過要是黛娜真的這樣子使喚人，那他們恐怕不會讓牠待在家裡！」

　　她走進一間小房間，窗邊有張桌子，桌上（如她所願）有一把扇子和兩三雙小白羔皮手套，她拿起扇子和一雙手套，正要走出房間的時候，看見一個小瓶子站在鏡子旁邊，這回上頭沒有 **「喝我」** 字樣，但她還是拔下瓶栓，喝了起來。「我知道只要吃

點什麼或者喝點什麼，就會發生有趣的事，所以就看這瓶有什麼效果吧。希望它能讓我變大，因為我真不想再當這麼個小東西了！」

它真的有效，而且速度超乎預期。才喝不到半瓶，

她的頭就頂到了天花板，得彎下腰，否則脖子會斷。

她趕緊放下瓶子，對自己說：「夠了，我不想再長了，這可怎麼出門呀！真不該喝那麼多！」

唉呀！現在後悔來不及了！
她一直長大，一直長大，
很快就被迫跪在地板上，
後來連跪都沒地方跪，得躺下來，
一隻手肘頂著門，
一條胳臂繞過頭。
即使如此，
她還是
一直長，

最後只好把一條胳臂伸出窗外，一條腿伸進煙囪，對自己說：「再不行也沒輒了，

我到底

兔子派來小比

怎樣

會變孿
會變
呢？」

子瓶小虧幸
經已藥的裡
了發全完
不揮發力效
她，，
，大長續繼再

很也開來不房間她開，她再這了。不起離個。依服。她看也怪，她再這了。是不舒難心她開間只

可憐的愛麗絲心想：「還是在家好，不像在這裡，一會兒變大，一會兒變小，還要聽老鼠和兔子使喚。我有點後悔進這個兔子洞，可是，可是，這種生活實在很令人好奇，真想知道接下來還能發生什麼事！從前看童話故事，還以為那種事情不可能發生，現在我居然身在其中！應該要有一本寫我的書，應該要有！等我長大，要寫一本……不過我現在就已經長大啦，」她哀傷地說：「至少這裡已經沒有空間容我長更大了。」

「可是，」愛麗絲心想：「這樣是不是也就不會變老？那倒不錯，永遠不會變成老太婆，可是話說回來，也就要一直上學了！噢，我不要！」

「噢，愛麗絲你真傻！」她自己回答自己的話：「在這裡你怎麼可能上學？這裡連你都快裝不下了，課本要放哪裡？」

她就這樣一人分飾正反兩方，說了好幾分鐘，直到聽見外頭有聲響，才停下來仔細聽。

「瑪麗安！瑪麗安！」那聲音說：「立刻把我的手套拿來！」接著樓梯上響起趴躂趴躂的腳步聲，愛麗絲知道是兔子來找她，嚇得發抖，以至於整間屋子都跟著抖動。她忘了，現在的她比兔子大一千倍，根本不用害怕。

　　兔子很快就到了門口，企圖開門，但那門得向內開，而愛麗絲的手肘頂在門上，所以牠推不開。愛麗絲聽見牠自言自語說：「那我就繞道從窗戶進去。」

　　愛麗絲心想：「你休想！」她等兔子應該差不多到了窗下，就猛然張開手一抓，雖然什麼也沒抓到，卻聽到一聲小小的尖叫，有東西掉了下去，還有玻璃破掉的聲音，想必兔子掉進了種黃瓜的箱子或類似的地方。

　　有個憤怒的聲音響起……是兔子。「派特！派特！你在哪裡？」接著有個她沒聽過的聲音說：「先生，我在這裡！在挖蘋果！」

　　兔子氣呼呼說：「還挖什麼蘋果！快過來，把我從這裡頭弄出來！」（又有碎玻璃的聲響。）

　　「派特，告訴我，窗子裡那個東西是什麼？」

　　「當然是條胳臂呀，先生。」（他發音不準，把「胳臂」說成了「胳杯」。）

　　「是『胳臂』，你這呆瓜！誰見過那麼大的胳臂？整扇窗都塞滿了！」

　　「當然，先生，可是那真的是胳臂。」

　　「嗯，不管它是什麼東西，都不該在那裡，把它弄走！」

　　之後有好長的沉默，愛麗絲只聽見不時傳出的低語，像是：「當然，我不喜歡它，先生，一點也不喜歡，一點也不！」「照我的話去做，你這膽小鬼！」最後她張開手，

53

又抓了一下，這回聽見了「兩」聲小小的尖叫，以及更多玻璃碎裂的聲音。愛麗絲心想：「這裡種黃瓜的箱子還真多。不知道他們接下來要怎樣！要把我拉出窗外嗎？還真希望他們辦得到！我一點也不想再待在這裡了！」

好一會兒都沒再聽見別的，最後傳來小貨車車輪滾動的聲音，她勉強聽出大家七嘴八舌說的是：「另一把梯子在哪兒？－我只拿了一把，另一把是比爾拿的。－比爾！小伙子，拿過來！－來，把梯子立在這個角落。－不，先把它們綁在一起。－它們連一半的高度都構不到。－噢！可以啦，別太挑剔。－來，比爾，抓住這條繩子。－屋頂撐得住嗎？－當心那塊鬆掉的石瓦。－噢，它要掉下來了！快低頭！」（有東西摔碎了，好大一聲）－這是誰幹的？－我想是比爾吧。－誰要從煙囪下去？－不要，我不要！你去！－我也不要！－比爾去好了。－比爾，過來！主人叫你從煙囪爬下去！」

愛麗絲對自己說：「噢！那麼比爾就得從煙囪進來了嗎？所有的事他們都推給比爾！我可不願意當比爾這個角色。雖然這座壁爐有點窄，但踢一下還是辦得到的！」

她盡可能把煙囪裡的腳往下縮，等到聽見小動物（她猜不出是哪一種動物）在煙囪裡爬近，就對自己說：「是比爾。」狠狠踢了一下，等著瞧會怎樣。

54

　　首先，她聽見大家齊聲喊道：「比爾飛出來了！」接著是兔子單獨說：「站在樹籬旁邊的，接住牠！」安靜片刻之後，又是一陣騷動。「扶住牠的頭。－快拿白蘭地來。－別嗆著牠。－怎麼回事？老兄，剛剛發生了什麼事？說給我們聽！」最後，傳來一個虛弱尖銳的聲音。（愛麗絲心想：「那是比爾。」）「嗯，我也不知道……喝夠了，謝謝，我覺得好多了。－可是我太慌了，沒辦法跟你們說。－我只知道有個東西像盒子一開就彈出來的小丑似地撞了我一下，然後我就像煙火似地給射出來了！」

　　「真的很像煙火，老兄！」大家說。

　　兔子的聲音說：「我們得把房子燒掉！」愛麗絲用盡全力大喊：「你們敢這樣，我就叫黛娜來！」

　　現場立刻一片死寂。愛麗絲心想：「不知道牠們接下來會怎麼做！如果夠聰明，就該拆屋頂。」一兩分鐘之後，牠們又動了起來，愛麗絲聽見兔子說：「一台手推車的量就夠了，先這樣。」

　　愛麗絲心想：「一台手推車量的什麼東西？」但她沒疑惑多久，因為下一刻就有一陣小石子打進窗來，有些還打在她臉上。她對自己說：「我得制止他們。」然後高聲大喊：「你們最好別再做這種事了！」此話一出，又是一陣死寂。

　　愛麗絲訝然發現，小石子一落到地板上就全都變成小蛋糕，於是腦中有了個好主意。

「如果我吃蛋糕，就會改變大小；既然已經不可能再變大，就一定會變小吧。」

她吞下一塊蛋糕，欣然發覺自己立刻縮小。一縮到出得了門，她就跑出屋外。外頭有挺大一群小獸小鳥等著。當中那可憐的比爾是隻小蜥蜴，兩隻天竺鼠扶著牠，餵牠喝一瓶東西。愛麗絲一出現，

大家都衝過來，但她拚命跑，很快就安全脫身，來到一座茂密的森林。

愛麗絲對自己說：「我第一件要做的事，就是長回原本的大小。第二件是要找出辦法，進入那座可愛的花園。我想這計畫是最好的了。」

　　聽起來是再好不過，簡單明瞭，唯一的難處是，她一點也不知道要怎麼著手去做。愛麗絲在林中焦急地四下張望時，聽見頭頂上有尖銳的狗吠聲，連忙抬頭一看。

　　是隻巨大的小狗，睜著圓圓的大眼睛低頭看她，輕輕伸出一隻爪子，想要碰她。愛麗絲哄牠：「可憐的小東西！」還努力想要對牠吹口哨，但同時又很怕牠說不定餓了，會想吃她，哄也沒用。

　　她也不知道自己在做什麼，總之就拾起了一根小樹枝，朝小狗伸過去。小狗馬上開心地叫了一聲，一躍而起，朝樹枝衝過來，差點就咬到。愛麗絲閃到一棵大薊後面，才沒給踩扁。她從另一邊現身，小狗就又朝樹枝衝來，衝得太快，翻了個跟斗。愛麗絲繞著薊跑了一圈，覺得這實在很像跟拉車的壯馬玩遊戲，隨時都可能會遭到踐踏。小狗對那根樹枝展開一連串攻擊，每次都前進一點點，又後退一大段距離，啞著嗓子吠個不停，最後在遠處坐下，吐舌喘氣，大眼睛半閉。

　　看來這是愛麗絲逃命的好時機，她拔腿就跑，一直跑，跑到喘不過氣來，狗吠聲也變得很遠很小為止。

　　「多可愛的一隻小狗啊！」愛麗絲靠在毛莨上休息，拿毛莨的葉子搧風。「要是……要是我跟平常一樣大，就可以教牠把戲了！唉呀！差點忘了，我得再變大才行！讓我想想……要怎麼樣才能變大呢？應該要吃點什麼或喝點什麼吧，可是，要吃喝什麼東西呢？」

　　這當然是眼前最重要的問題？愛麗絲環顧四周的花花草草，沒看見適合在這種狀況下吃或喝的東西。身旁有朵大蘑菇，和她差不多高，她從蘑菇下面往上看了看，又看了看它的前後左右，心想應該也要看看上頭有沒有什麼東西。

　　她踮起腳尖伸長脖子，從蘑菇邊上望去，立刻看見一隻藍色的大毛蟲雙手抱胸坐在蘑菇上，靜靜抽著一根長長的水菸筒，對愛麗絲與別的事物全然不予理會。

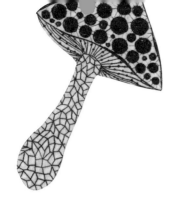

第 五 章

毛毛蟲的
忠告

毛 毛 蟲 與愛麗絲靜靜對望了好一會兒，最後毛毛蟲終於把水菸筒從嘴裡拿出來，懶懶地和她打招呼。

毛毛蟲問：「你是誰？」

劈頭就說這種話，讓人真不想接。愛麗絲有點畏縮地回答：「我……我也不知道，先生，我不知道我現在是誰……今早起床的時候還知道，可是從那時候到現在我變了好幾回，已經搞不清楚了。」

「這話什麼意思？你給我解釋清楚！」毛毛蟲態度嚴厲。

「我恐怕沒法把我自己解釋清楚，先生，因為我已經不是自己了。」

毛毛蟲說：「我不懂。」

61

愛麗絲很有禮貌地說：「我恐怕也沒法講得更清楚，因為連我自己也不懂，一天裡頭變好幾次尺寸實在很容易昏頭。」

毛毛蟲說：「並不會。」

愛麗絲說：「嗯，也許你現在還不懂，等到變成蛹⋯⋯你總有一天會變成蛹⋯⋯再變成一隻蝴蝶，我想你就會覺得有點怪了吧？」

「一點也不會。」

「好吧，也許你的感覺和我不同，我只知道『我』覺得很怪。」

毛毛蟲輕蔑地說：「你！你是誰？」

對話又繞回原點了。毛毛蟲說話這麼簡短，愛麗絲有點生氣，於是挺直了身子，正色說道：「我想你應該要先告訴我你是誰。」

毛毛蟲說：「為什麼？」

這也是個難題，愛麗絲想不出好理由，而且毛毛蟲看起來很不高興，所以她轉身要走。

「回來！」毛毛蟲喊她。「我有重要的話要說！」

這話燃起了愛麗絲的希望，她又轉身走了回來。

毛毛蟲說：「別發脾氣。」

「就這樣？」愛麗絲盡全力嚥下憤怒。

毛毛蟲說：「不只。」

　　愛麗絲心想，反正也沒有別的事好做，等一等也無妨，說不定最後毛毛蟲會說出什麼值得一聽的事。他靜靜抽菸，好幾分鐘之後才終於鬆開抱胸的手，把水菸從嘴裡拿出來，說：「你覺得你變了，是嗎？」

　　「恐怕是的，先生。我從前記得的東西，現在都記不清楚。而且我不到十分鐘就變一次大小。」愛麗絲說。

　　毛毛蟲問：「記不清楚什麼東西？」

　　愛麗絲很難過地說：「嗯，我原本想背《忙碌的小蜜蜂》，背出來的東西卻跟原來不一樣！」

　　毛毛蟲說：「背《威廉爸爸你老了》。」

　　愛麗絲雙手交疊，開始背誦：

「年輕人說：『威廉爸爸你老了，頭髮變得那麼白，
　　　還要用頭來倒立，不顧自己已年邁？』

威廉爸對兒子說：『我年輕時怕傷腦，想要倒立嫌太早，
　　　現在沒腦不怕傷，愛倒就倒沒煩惱。』

年輕人說：『我剛說過你已老，不但老還異常肥，
　　　進門竟還後滾翻，請問怎麼做得到？』

灰髮老者聽此言，搖搖頭，又開口：『多年保養未白費，
四肢靈動筋柔軟，軟膏一罐一先令，你要可賣你兩罐。』

年輕人說：『你老了。上下顎都好虛弱，最硬頂多嚼肥肉，
如何能啃一隻鵝？連骨帶喙都吞掉，究竟有何好絕竅？』

『我年輕時學法律，事事都與妻子辯；
因此口顎肌力強，持續終生不曾變。』

年輕人說：『你很老。人皆猜你眼已花，
竟能以鼻頂鰻魚，怎麼這麼厲害呀！』

『至今我已答三題，小子問東又問西，
我沒許多閒工夫，再吵踢你下樓去！』』

毛毛蟲說：「背得不對。」
愛麗斯怯生生說：「是啊，恐怕不太對，有些字變了。」

　　毛毛蟲斷然說道：「從頭到尾都不對。」接下來幾分鐘誰也沒出聲。

　　然後先說話的是毛毛蟲。

　　牠問：「你想要多大尺寸？」

　　愛麗絲急忙回答：「噢，我對尺寸大小沒有特殊喜好，只是不想太常變來變去，你知道的。」

　　毛毛蟲說：「我不知道。」

　　愛麗絲氣得說不出話來，她這輩子從來沒有讓人這樣頂撞過。

　　毛毛蟲問：「現在你滿不滿意？」

　　「嗯，如果你不介意的話，我想要再大一點點，先生，只有三吋高實在太慘了。」

　　「這高度好得很！」毛毛蟲氣得挺直了身子（牠的高度正好就是三吋）。

　　「可是我不習慣！」愛麗絲的語氣可憐兮兮。她心想：「這東西真愛生氣，一不小心就會得罪，別這麼愛生氣多好！」

　　「時間久了就會習慣。」毛毛蟲把水菸放回嘴裡，又抽了起來。

　　這一次，愛麗絲耐著性子等牠主動開口。

65

一兩分鐘後，毛毛蟲把水菸從嘴裡拿出來，打了一兩個呵欠，抖了抖身子，然後爬下蘑菇，爬進草叢，只撂下一句：

「一邊會讓你長高，」

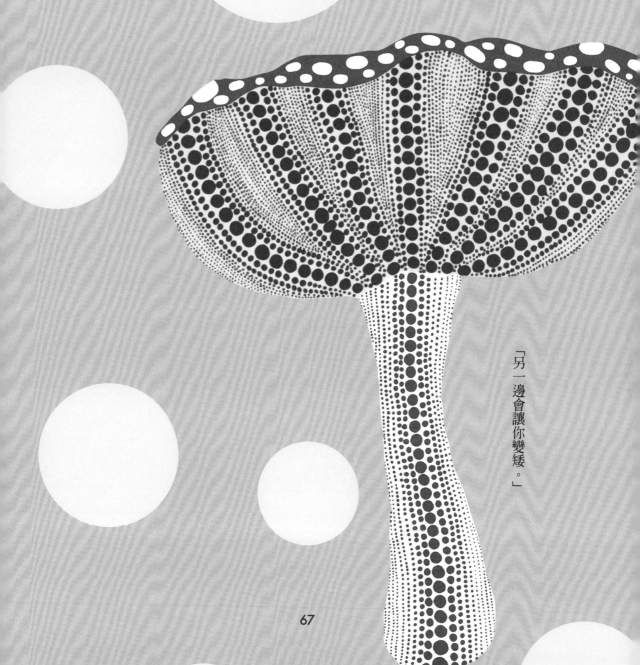

毛毛蟲的忠告

「另一邊會讓你變矮。」

67

毛毛蟲的忠告

「一邊？另一邊？什麼東西呀？」愛麗絲心想。

毛毛蟲就好像聽見愛麗絲大聲問出口了似地，說：「蘑菇。」不久，毛毛蟲消失了蹤影。

愛麗絲看著蘑菇想了一分鐘，想搞清楚圓圓的蘑菇哪邊是哪邊，這可真是個難題。最後，她竭盡所能伸長手臂，抱住蘑菇，左右手各扯下一小塊。

「現在，哪個是哪個？」她舉起右手那塊咬一小口，試試效果。接著立刻感覺下巴下方受到撞擊，原來撞到了腳！

這改變太過劇烈，她嚇了一大跳，心想這得及時處理，縮得太快了，得趕緊在另一塊上咬一口。她的下巴緊貼著腳背，幾乎張不開嘴，好不容易才把左手那塊吞了一點點下去。

* * * *

* * *

* * * *

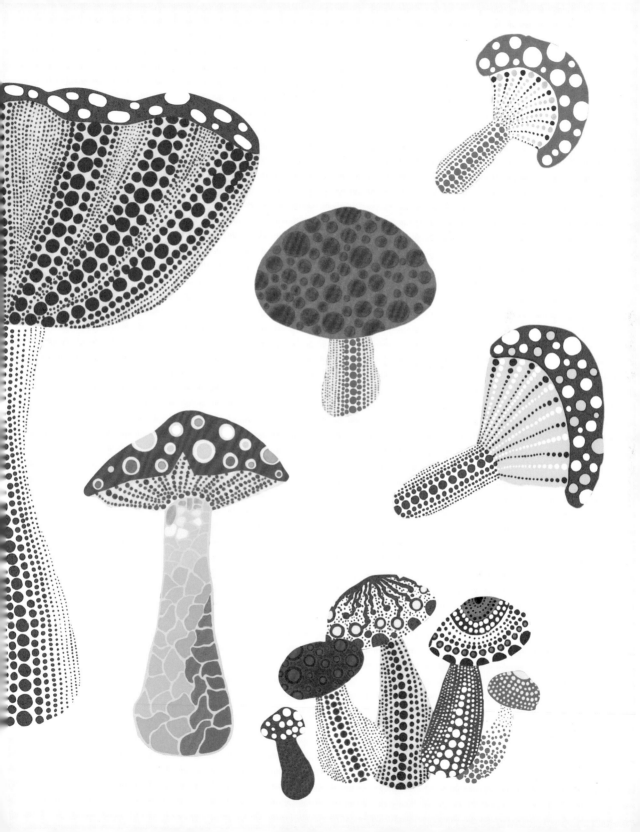

愛麗絲開心地說：「哇，我的頭終於自由了！」但隨即陷入恐慌，因為她發覺肩膀不見了。往下看，只看見一條長長的脖子，像伸出綠色葉海之外的花梗，而她的頭高高在上，離那片葉海很遠。

愛麗絲說：「那些綠綠的是什麼東西？我的肩膀哪兒去了？還有，噢，我可憐的手，我怎麼看不見你們了？」她邊說話邊移動雙手，可是沒用，就只見下方遠處的綠葉微微晃動。

既然無法把手伸到頭這邊來，就把頭伸下去吧。她很開心地發現自己的脖子能輕易彎來彎去，就跟蛇一樣。下方那些樹葉原來就是剛剛那片森林的樹頂。她成功地把脖子彎成優雅的之字形，正要把頭伸進森林時，突然聽見尖銳的嘶聲，連忙把頭縮回。有隻大鴿子飛過來撞在她臉上，翅膀還用力打她。

「蛇！」鴿子尖叫。

「我不是蛇！」愛麗絲很生氣。「別來鬧我！」

「蛇！就是蛇！」鴿子又說了一遍，但語氣和緩了些，還有點哽咽。「我什麼方法都試過了，就是拿他們沒辦法！」

愛麗絲說：「我完全不懂你在說什麼。」

鴿子不理她，只顧自說自話：「我試過樹根、試過河邊，還試過籬笆，但這些蛇啊！太難討好了！」

愛麗絲越聽越迷糊，但既然插嘴沒用，也只好聽鴿子把話說完。

「光孵這些蛋還不夠麻煩嗎？還得日夜提防有蛇！我三個星期沒合眼了！」

「好可憐喔。」愛麗絲有點明白了。

鴿子音調越拉越高，近乎尖叫。「這回我挑了林子裡最高的樹，以爲終於擺脫了牠們，不料牠們竟扭啊扭地從天上下來了！嗯，蛇啊！」

愛麗絲說：「可是我不是蛇！我告訴你，我是個……我是個……」

鴿子說：「好！那你是什麼東西？我看得出你想扯謊！」

「我……我是個小女孩。」愛麗絲說得不怎麼肯定，因爲今天變身太多次了。

「說得跟眞的似的！」鴿子說得輕蔑至極。「我這輩子見過很多小女孩，可是從沒見過哪一個有這麼長的脖子！不！不對！你是蛇，無庸置疑。我猜接下來你要說你沒吃過蛋了吧！」

「我當然吃過蛋。」愛麗絲是個很誠實的孩子。「但是小女孩跟蛇一樣，都吃蛋呀。」

「我不信。不過假如小女孩吃蛋，那就算是一種蛇。」鴿子說。

愛麗絲從沒聽過這種說法，愣了一下，鴿子便接著說：

「你在找蛋，這我清楚得很，至於你是蛇還是小女孩，對我來說無關緊要。」

「對我來說卻很重要。」愛麗絲急忙說。「我不是在找蛋；就算找蛋，我也不要你的，我不喜歡吃生的蛋。」

鴿子板著臉說：「那就給我滾！」說著坐回窩裡去了。愛麗絲盡力想在林子裡蹲下，可是有點難，因為脖子老是讓樹枝纏住，不時得去解開。過了一會兒，想起手裡還拿著蘑菇，這回她非常小心，這邊咬一點，那邊咬一點，一下子變高，一下子變矮，最後終於變回了平常的高度。

她好久沒這麼正常了，起初覺得有點怪，不過幾分鐘後就習慣過來，開始照常自言自語。「好，計畫完成一半了！真不懂這樣一直變來變去是怎麼回事！連自己下一分鐘會變怎樣都不確定！無論如何，我已經變回正確尺寸，下一步就要去那座美麗的花園……可是要怎麼去呢？」說著說著，她突然到了一片空曠的地方，眼前有座四呎高的房子。愛麗絲心想：「無論裡頭住的是誰，我都不能以這種尺寸去見他，會嚇壞人家！」於是她又舉起右手，咬一小口蘑菇，在變成九吋高之前，不敢靠近房子。

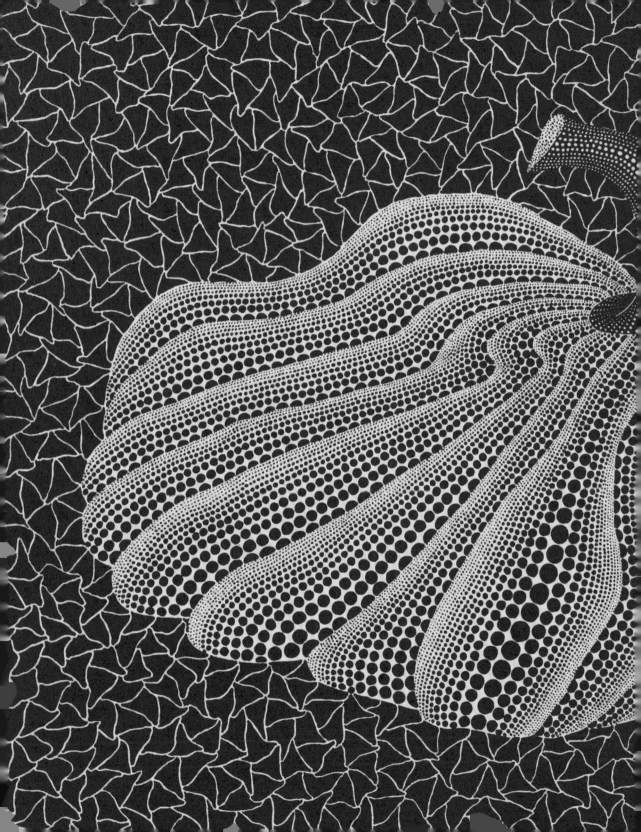

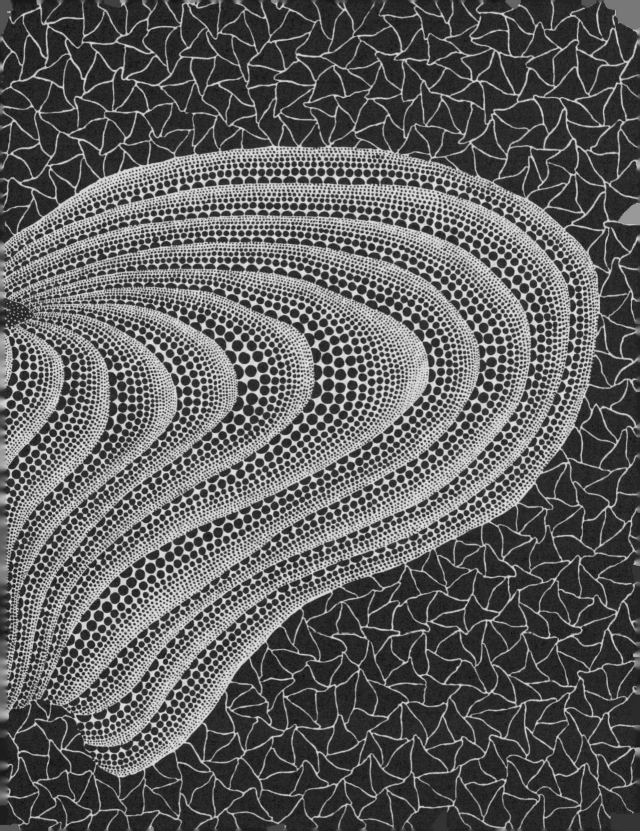

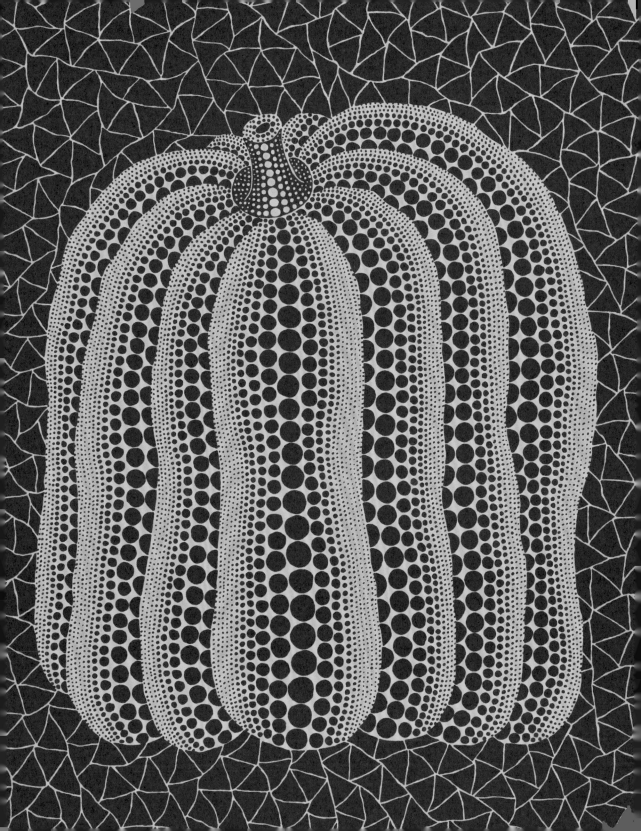

第 六 章

豬與胡椒

*有一兩分鐘*的時間，她站在那裡，不知道接下來該怎麼做。忽然有個穿制服的男僕從林子裡跑出來（她看他穿制服，猜想是個男僕；如果單看臉，就會說他是魚了），用指關節大聲敲門。開門的是另一個穿制服的男僕，圓臉大眼，像隻青蛙。愛麗絲注意到這兩個男僕的滿頭捲髮上都撒了粉。她很好奇，不知有什麼事，悄悄走出林子來偷聽。

魚男僕從腋下拿出一封跟他自己差不多大的信，交給對方，以嚴肅的語氣說：「這是給女公爵的邀請函，王后邀她來打槌球。」青蛙男僕應答的語氣同樣嚴肅，只將字詞

77

順序略作調換。「這是王后給的邀請函，她邀女公爵去打槌球。」

兩人相互深深一鞠躬，捲髮纏到了一塊兒。

愛麗絲笑得太厲害，不得不跑回林子裡，以免他們聽見。等她再偷看的時候，魚男僕已經走了，青蛙男僕坐在門邊地上，傻傻望著天。

愛麗絲怯生生走過去敲門。

男僕說：「敲門沒用，原因有二。第一，因為我和你在門的同一邊。第二，因為裡面太吵，你敲也沒人聽得見。」裡頭確實吵得離譜，嚎哭和噴嚏聲不斷，還不時有碗盤摔碎的聲音，很大聲。

愛麗絲說：「那麼，請問我要怎麼進去呢？」

男僕不管她說什麼，只顧說自己的。「如果門在你我之間，那你敲門還有點道理。比如說，你在裡面敲門，我就可以讓你出來。」他講話始終眼望天空，愛麗絲認為這絕對是很沒禮貌的事情。她對自己說：「也許他也沒辦法吧，那雙眼睛幾乎長在頭頂上。但至少回答一下我的問題呀。」她大聲再問了一遍：「我要怎麼進去？」

「我會在這裡，」男僕說：「坐到明天……」

就在這個時候，門開了，一個大盤子朝著男僕的頭飛出來，擦過他的鼻子，砸在他身後的樹上。

「……也許坐到後天。」男僕語氣不變，好像什麼事都沒發生過似的。

愛麗絲提高音量。「我要怎麼進去？」

「你能進去嗎？」男僕說。「那才是首要的問題。」話是沒錯，可是愛麗絲聽了很不舒服。她喃喃自語：「這些動物太好辯，真能把人逼瘋哩！」

男僕似乎覺得這是個好機會，可以用不同的說法把原本的話再說一遍。「我要坐在這裡，斷斷續續，一天又一天。」

「可是『我』要怎麼辦呢？」愛麗絲說。

「你愛怎樣就怎樣。」男僕說完就開始吹口哨。

「唉，跟他講也沒有用，他根本是個白癡！」愛麗絲絕望地說完這話，就直接開門走了進去。

一進門是間大廚房，整間廚房都是煙。女公爵坐在正中央一張三腳凳上哄孩子，廚子站在爐火旁，攪一大鍋湯。

「湯裡面一定加了太多胡椒粉！」愛麗絲在打噴嚏的空檔對自己說。

空氣裡也一定有太多胡椒粉，就連女公爵也不時打噴嚏，寶寶更是嚎哭與噴嚏交替，沒有片刻停息。廚房裡沒打噴嚏的就只有廚

子和坐在爐邊的大貓，那隻貓咧著嘴笑，咧到了兩耳邊。

「能不能請您告訴我，您的貓為什麼笑成那樣？」愛麗絲不知道自己先開口合不合規矩，所以說得有點膽怯。

女公爵說：「原因就是，牠是隻柴郡貓。豬！」

女公爵最後一個字說得好兇，愛麗絲嚇得差點跳起來，不過很快就發現那不是對她，而是對寶寶說的。於是她鼓起勇氣，繼續問。

「我從來不知道柴郡貓都咧嘴笑。老實說，我從來不知道貓可以咧嘴笑。」

女公爵說：「所有的貓都可以，而且多半都會這麼做。」

「我不知道哪隻貓會這樣笑。」愛麗絲說得很客氣，很高興兩人終於有了對話。

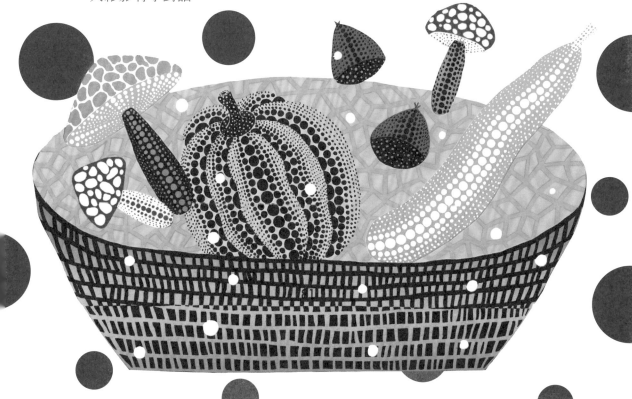

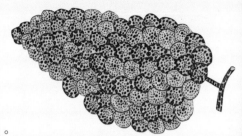

「那是你無知，那是事實。」女公爵說。

愛麗絲很不喜歡她這種語氣，想轉個話題，還正在想話題的時候，廚子將大湯鍋從火上端開，接著抓起手邊的東西朝女公爵和寶寶扔，有什麼扔什麼。先是火鉗和撥火棍，接著是鍋子和碗盤。女公爵就算被打到也沒反應，至於寶寶，原本就在嚎啕大哭，所以看不出來有沒有受傷。

愛麗絲大喊：「拜託，留心點，這是在做什麼！」她又氣又怕，直跳腳。「唉呀，他的寶貝鼻子完了！」一個特大號的鍋子貼著他的臉飛過去，差點削掉鼻子。

女公爵嘶吼：「要是每個人都只管自己的事，世界運轉的速度就會比現在快得多。」

「那可不是好事。」愛麗絲很高興有機會炫耀一下自己的知識。「想想看那會對白天與黑夜造成什麼影響！地球每二十四小時繞著軸……」

女公爵把「軸」聽成了「斧頭」。「說到斧頭，砍掉她的頭！」

愛麗絲緊張地看看廚子，不知她會不會聽令行事。廚子忙著攪湯，好像沒有聽見。

於是愛麗絲就繼續說：「我想是二十四小時吧，還是十二小時呢？我……」

女公爵說：「噢，別來煩我，我聽到數字就頭疼！」說著又哄起孩子，唱搖籃曲給他聽，每一句結尾處都狠狠搖他一下。

「跟兒子講話別好聲好氣，敢打噴嚏就揍他，
他打噴嚏沒別的原因，就只是想惹火你。」

合唱
（這部分有廚子和寶寶參與）
「哇！哇！哇！」

女公爵唱第二段時，狠狠將寶寶拋上拋下，那可憐的小東西哭聲太大，愛麗絲想聽懂歌詞都很吃力。

「我對兒子非常兇，他打噴嚏，我就打他。
因為他可以盡情享用胡椒隨他高興！」

合唱
「哇！哇！哇！」

「來！你想抱的話可以抱他一下！」女公爵邊說邊把寶寶丟給愛麗絲。「我要和王后打槌球，得去準備準備。」她匆忙走出廚房時，廚子朝她扔去一個油炸鍋，差一點就打中。

愛麗絲挺費力才接住這個寶寶，因為他形狀怪異，手腳亂伸。愛麗絲心想：「真像海星。」愛麗絲接住他的時候，這可憐的小東西鼻子發出蒸汽引擎似的聲音，身體一直拱來拱去，非常難抱。

她一研究出抱他的好方法（把他扭成一團，緊抓住右耳和左腳，讓他無法掙脫），就把寶寶抱出屋外。愛麗絲心想：「如果不把這孩子帶走，一兩天內就會讓他們弄死，留他在那裡豈不是等於謀殺？」最後那句話她大聲說了出來，懷裡的小東西也哼了一聲回應（這會兒他已經不打噴嚏了）。愛麗絲說：「別哼，這不是恰當的表達方式。」

寶寶又哼了一聲。愛麗絲緊張地細看他的臉，擔心他有問題。

84

　　這寶寶有個朝天鼻，不像人鼻，倒像豬鼻；眼睛又小得不得了。愛麗絲實在不喜歡這副長相。「也許他只是在哭。」愛麗絲又仔細瞧了瞧他的眼睛，看看有沒有眼淚。

　　沒有，沒有眼淚。愛麗絲嚴肅地說：「親愛的，你要是變成豬，我就不理你了。小心點！」那可憐的小東西又哭了一下（也可能是哼，到底是哭還是哼實在沒法判定），然後他們默默走了一會兒。

　　愛麗絲才正開始盤算：「我帶這東西回家之後要怎麼辦呢？」就聽他又哼起來，趕緊低頭一看，這回看得真切，他不折不扣就是隻豬，要是再抱著就太荒謬了。

　　於是她把那小東西放下，看著牠靜靜跑進樹林，如釋重負。「牠要是長成人類的小孩，那真夠醜；可是以豬來說還挺好看的，我覺得啦。」她開始回想那些她認得的小孩子，哪幾個是適合當豬的。正當她自言自語：「要是有人知道怎麼把他們變成豬就好了……」

　　的時候，驀然發見柴郡貓坐在幾碼外一棵樹的粗樹枝上。

　　柴郡貓看見愛麗絲，咧嘴一笑。她心想，這貓看起來和善，但畢竟有很長的爪子和很多牙，還是對他尊重一點比較好。

「柴郡貓咪。」她有點怕怕的，不知道牠喜不喜歡這個稱呼，但他的嘴好像咧得更開了。愛麗絲心想：「嗯，目前爲止牠還算開心。」又說：「能不能請您告訴我該走哪條路？」

貓說：「那得看你要去哪裡。」

愛麗絲說：「去哪裡我不怎麼在乎……」

貓說：「那走哪條路就都無所謂了。」

「……只要能走到某個地方就好。」愛麗絲補了一句，好把話說得清楚一點。

貓說：「噢，只要走得夠遠，就一定能到達某個地方。」

愛麗絲覺得這話無可反駁，就換個問法：「這附近住了些什麼樣的人？」

「那個方向，」貓兒揮揮右爪，「住了個帽匠；而那個方向呢，」揮揮另一隻爪子，「住了隻三月兔。你想找哪個都行，兩個都是瘋子。」

愛麗絲說：「但是我不想跟瘋子在一起。」

「噢，那沒辦法，我們這裡全都是瘋子。我瘋了，你也瘋了。」貓說。

愛麗絲問：「你怎麼知道我瘋了？」

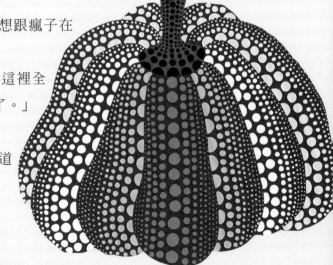

「你肯定瘋了，否則怎麼會到這裡來？」貓說。

愛麗絲覺得這話沒道理，但還是接著再問：「那你又怎麼知道你瘋了呢？」

「首先，狗沒瘋，你同意吧？」貓說。

愛麗絲說：「應該是。」

貓說：「那麼，狗生氣就叫，高興就搖尾巴；而我高興就叫，生氣就搖尾巴。由此可見，我瘋了。」

愛麗絲說：「我都稱那是『呼嚕』，不是叫。」

「愛怎麼稱呼它隨便你。」貓說。「你今天要跟王后打槌球嗎？」

愛麗絲說：「沒人邀我，不然我還挺想去的。」

「我也會去。」說著貓就消失了。

對此愛麗絲並未大驚小怪，怪事連連，她已經習慣了。她望著剛剛貓坐的地方，貓突然又出現了。

貓說：「差點忘了問，寶寶後來怎麼樣了？」

「變成豬了。」愛麗絲態度平靜，就好像貓是以正常的方式回來的。

「我就知道。」話說完，貓再度消失。

愛麗絲等了一會兒，心想牠說不定會再出現，可是沒有。過了一兩分鐘，她就朝三月兔住的地方走去，對自己說：「帽匠我見過，

還是三月兔比較有趣。況且現在是五月，應該不會太瘋……至少沒三月那麼瘋吧。」說時抬頭一看，貓又坐在樹上。

　　貓問：「你剛說的是豬還是書？」

　　「我說的是豬。你不要這麼突然一下子出現一下子消失啦，搞得我頭很昏。」愛麗絲說。

　　貓說：「好的。」於是這回牠消失得非常慢，從尾巴尖開始，最後消失的是笑容，在全身都不見之後，那個笑容還停留了好一會兒。

　　「哇！沒有笑容的貓我見過，可是沒有貓的笑容，可就是我這輩子從沒見過的怪事了！」

　　沒走多遠，三月兔的房子出現在眼前，她認為那間一定就是，因為煙囪做成了耳朵的形狀，屋頂上鋪的是毛。那房子很大，所以她先咬一點左手的蘑菇，長到兩呎高，才敢靠近。即便如此，走過去的時候她還是有點怕怕的，對自己說：「如果牠還是瘋得要命怎麼辦？我有點後悔，說不定去找帽匠還比較好！」

第 七 章

瘋茶會

屋前 有棵樹，樹下有張桌子，桌上擺放著茶具，三月兔和帽匠就在那裡喝茶。睡鼠坐在他們中間，睡得很沉，他們就拿睡鼠當墊子，靠在上頭聊天。愛麗絲心想：「這樣子睡鼠很不舒服吧。不過牠在睡覺，大概無所謂。」

那張桌子很大，他們三個卻全擠在角上，看見愛麗絲過來，就大叫：「沒位子了！沒位子了！」愛麗絲很生氣地說：「位子明明就夠坐！」說著在桌子一頭的大扶手椅上坐了下來。

「喝點葡萄酒。」三月兔說得挺殷勤。

愛麗絲看遍整張桌子，只有茶，沒別的。她說：「我沒看見葡萄酒。」

三月兔說：「沒有葡萄酒。」

愛麗絲生氣地說：「那你還叫我喝，豈不是有點沒禮貌？」

三月兔說：「沒人邀請，你就自己坐下，也不怎麼有禮貌。」

愛麗絲說：「我又不知道這是『你們的』桌子。桌上的茶具遠遠不只三人份。」

帽匠說：「你的頭髮該剪了。」他好奇地看了愛麗絲很久，但到這時候才開口。

「你該學著別對人家品頭論足，」愛麗絲的口氣有點嚴厲，「那非常沒有禮貌。」

帽匠一聽這話，睜大眼睛，卻只冒出一句：「為什麼烏鴉像書桌？」

「哇，總算有好玩的事了！」愛麗絲心想：「真高興他們開始出謎語了……我相信我猜得出來。」最後那句她大聲說了出口。

三月兔問：「你的意思是說，你想你能找出答案？」

愛麗絲說：「正是。」

三月兔說：「那就應該把真心話說出來。」

「我說了啊。」愛麗絲連忙回答。「至少我說出來的是真心話，都一樣嘛。」

「完全不一樣！」帽匠說。「照你的說法，『我看到我吃的東西』和『我吃我看到的東西』也是一樣的了！」

三月兔也說：「照你的說法，『我喜歡我拿的東西』和『我拿我喜歡的東西』也一樣囉！」

睡鼠邊睡邊說：「照你的說法，『我睡覺時會呼吸』和『我呼吸時會睡覺』也是一樣的！」

帽匠說：「對你來說確實一樣。」談話就此中斷，大家靜了一分鐘。愛麗絲努力回想關於烏鴉和書桌的一切，卻想不出兩者有什麼關聯。

打破沉默的是帽匠。

他問愛麗絲：「今天幾號？」同時不安地看看從口袋掏出的懷表，拿起來搖一搖，放到耳邊。

愛麗絲想了想，說：「四號。」

「錯了兩天！」帽匠嘆了口氣。

「我就說不能用奶油嘛！」他氣呼呼看著三月兔。

三月兔放低姿態說：「那是最好的奶油。」

「沒錯，可是麵包屑一定也跟著進去了。」帽匠很不高興。「你不應該拿麵包刀幫表上油。」

三月兔接過表來，沮喪地看了看，放進杯裡沾點茶，再拿出來看。但他想不出有什麼更好的可說，只能重複那句老話：「你知道的，那是最好的奶油。」

愛麗絲一直好奇地在他身後看。「這表真有意思！不說現在幾點，倒會告訴你今天幾號！」

「那又怎樣？你的表會告訴你現在是哪一年嗎？」帽匠說。

愛麗絲立刻回答：「當然不會，因為同一年會過很久呀。」

帽匠說：「我的也是這樣。」

愛麗絲給他搞迷糊了。帽匠說的明明是英語，她卻聽不懂。「我不太明白您的意思。」她盡可能說得客氣些。

帽匠說：「睡鼠又睡著了。」然後在牠鼻子上倒了一點熱水。

睡鼠不耐煩地甩甩頭，閉著眼睛說：「是啊，是啊，我也正想這麼說。」

帽匠又問愛麗絲：「謎底猜出來了沒有？」

愛麗絲說：「沒有，我放棄，答案是什麼？」

94

瘋茶會

帽匠說：「我不知道。」

三月兔說：「我也不知道。」

愛麗絲疲倦地嘆了口氣。「我想你應該好好利用時間，不要把它浪費在沒答案的謎語上。」

帽匠說：「如果你跟時間像我跟時間一樣熟，就不會說『它』了，應該說『他』才對。」

愛麗絲說：「我不明白你的意思。」

「你當然不懂！」帽匠仰起頭，面露不屑。「我看你跟時間連話都沒講過吧！」

「也許沒有。」愛麗絲回答得很小心。「但我知道學音樂的時候要打拍子[4]。」

「啊！那就是了。他不可能受得了人家打他。要是你能和他維持良好關係，他就會隨你高興調整時鐘。比如說，假如現在是早上九點，正要開始上課，你只要悄悄給時間一個暗示，時鐘瞬間就會轉到一點半！該吃飯了！」

（三月兔低聲自言自語：「現在要是吃飯時間多好。」）

◎4. 時間。

95

「那當然很好，」愛麗絲想了一想：「可是我應該還不餓呀。」

帽匠說：「起初也許不餓，可是你想在一點半停留多久都行。」

愛麗絲問：「你就是這樣做的？」

帽匠哀傷地搖頭。「不！我們三月裡吵了一架。」他拿茶匙指著三月兔說：「就是牠快要變瘋還沒變瘋的時候，當時紅心王后辦了場盛大的音樂會，我得唱：

> 『一閃，一閃，亮晶晶！
> 滿天都是小蝙蝠！』

這首你知道嗎？」

愛麗絲說：「聽過類似的。」

「接下來呢，是這樣的。」帽匠繼續唱：

> 『飛在天空眨眼睛，好像許多小星星。
> 　　　　一閃，一閃……』

睡鼠抖抖身子，邊睡邊唱：「一閃，一閃，一閃，一閃……」唱個不停，他們只好掐牠，讓牠住嘴。

帽匠說：「我第一段都還沒唱完呢，女王就跳起來大喊：『他在謀殺時間！砍掉他的頭！』」

愛麗絲叫道：「太殘忍了！」

帽匠傷心地說：「從那以後，我叫時間做什麼他都不理！永遠停在六點鐘！」

愛麗絲靈光一現，問道：「所以這裡才擺了這麼多茶具？」

「是啊，就是這個原故。」帽匠哀聲嘆氣。「一直都是喝茶的時間，沒時間去洗茶具。」

愛麗絲說：「所以你們一直換位子？」

帽匠說：「沒錯。茶具用髒了就換位子。」

愛麗絲鼓起勇氣問：「那繞回原位的時候怎麼辦呢？」

三月兔打個呵欠說：「換個話題好不好？都說膩了。我提議由這位年輕的小姐來給大家說個故事。」

愛麗絲很警醒，不敢從命。「我恐怕一個故事都不知道。」

「那麼就由睡鼠來說！」他倆同聲大喊，從兩邊同時掐牠。「醒醒吧，睡鼠！」

睡鼠緩緩睜開眼睛，有氣無力啞著嗓子說：「我沒睡，你們講的我全都聽見了。」

三月兔說：「講個故事來聽！」

愛麗絲說：「是啊，請你講一個吧！」

帽匠說：「而且要講快點，否則故事還沒講完，你又要睡著了。」

「很久很久以前，有三個小女孩，是姊妹，叫做愛西、蕾西和提麗，住在井底……」

「她們吃什麼過活呢？」愛麗絲總是對吃喝之類的問題很有興趣。

睡鼠想了一兩分鐘才說：「吃糖漿。」

愛麗絲柔聲說：「不可能啦，那會生病的。」

睡鼠說：「沒錯，她們病了，病得很嚴重。」

愛麗絲努力想像那種異於常人的生活會是什麼樣子，可是太難，只好再問：「她們為什麼要住在井底呢？」

三月兔對愛麗絲說：「再多喝點茶吧。」態度非常誠懇。

「我什麼都沒喝，所以沒辦法再多喝一點。」愛麗絲生氣了。

帽匠說：「你是說你沒辦法『少』喝一點吧，要比『沒有』來得『多』還不容易。」

愛麗絲說：「沒人問你。」

帽匠得意地說：「現在沒禮貌的是誰？」

愛麗絲一時語塞，就自己動手倒茶喝，拿奶油麵包吃，然後再問睡鼠一次：「她們為什麼住在井底？」

睡鼠又花了一兩分鐘。「因為那是一口糖漿井。」

「哪有這種東西！」愛麗絲開始火大，但帽匠和三月兔發出

「噓！噓！」的聲音，睡鼠繃著臉說：「如果你沒辦法講禮貌，就自己把這故事講完好了。」

「不，請繼續！」愛麗絲低聲下氣。「我不打岔了，也許是有那麼一口糖漿井吧。」

「一口？豈只一口！」睡鼠很氣，但仍願意繼續講：「這三姊妹正在學著打……」

愛麗絲說：「打什麼？」完全忘了剛講好不打岔。

「打糖漿呀。」這回睡鼠一問就答，無需思索。

帽匠插嘴說：「我要乾淨杯子，大家移個位子吧。」

說著他就移了一個位子，睡鼠跟著移，三月兔移到了睡鼠的位子上，愛麗絲雖然心不甘情不願，也只好去坐三月兔的位子。從這改變中得利的只有帽匠，愛麗絲的新位置甚至比原來更糟，因為三月兔剛剛把牛奶罐打翻在盤子裡。

愛麗絲不想再惹睡鼠，所以小心翼翼地說：「可是我不懂耶，她們從哪裡打糖蜜？」

帽匠說：「你可以從水井打水，想當然也就能從糖漿井打糖漿呀，不是嗎？眞笨。」

愛麗絲不理會帽匠的話，對睡鼠說：「可是她們人就在井裡。」

睡鼠說：「當然，很裡很裡。」

這答案把可憐的愛麗絲弄得更糊塗了，她沒插嘴，讓睡鼠繼續講了好一會兒。

瘋茶會

　　睡鼠說：「她們在學習打……打各種東西，所有ㄇ開頭的東西……」牠打個哈欠，揉揉眼睛，又睏了。

　　愛麗絲問：「為什麼要是ㄇ開頭？」

　　三月兔說：「有何不可？」

　　愛麗絲說不出話來。

　　這時睡鼠已經閉上眼睛，昏睡過去。帽匠掐牠，牠小小尖叫一聲，醒了過來，又說：「所有ㄇ開頭的東西，例如魔術、麻繩、麻煩、毛衣，打毛衣你總聽過吧？」

　　「既然你問我，那說真的，」愛麗絲很困惑，「我不認為……」

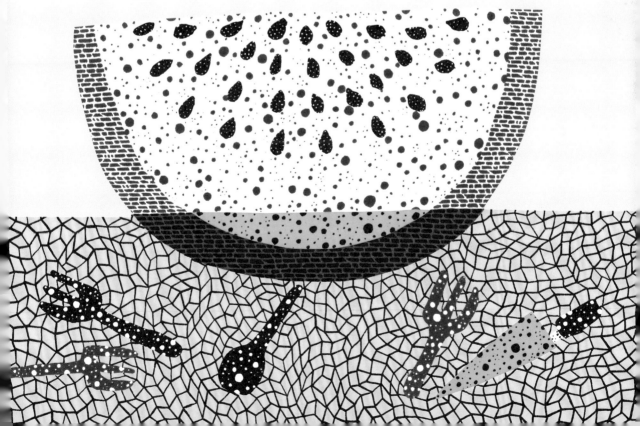

「那你就不該講話。」

這麼粗魯的態度讓愛麗絲再也受不了了，她懷著極大的厭惡感起身走開。睡鼠立刻睡著，另外兩個對她離開的事都沒理會，她回頭望了一兩次，有點希望他們會叫她回來。最後一次回頭的時候，看見他們正努力將睡鼠塞進茶壺。

愛麗絲在森林裡，一邊找路一邊說：「無論如何我都不回去了！這輩子從沒參加過這麼蠢的茶會！」

說這話時，她發現某棵樹上有門，可以走進樹裡，心想：「有意思！今天所有的東西都怪怪的，我看我就進去看看吧。」於是她進去了。

進去之後，她發覺自己又回到了長廊，小玻璃桌就在身旁。她對自己說：「這一回我不會再犯錯。」拿起小金鑰匙，打開通往花園的門，拿出蘑菇（她存了一塊在口袋裡）小口咬，把身高調整到一呎高，然後走上小徑。如此一來，她終於進入了美麗的花園，置身在色彩亮麗的花圃和涼爽的噴泉之間了。

第八章

王后的槌球場

花園 入口旁有棵很大的玫瑰樹，樹上開著白玫瑰，三個園丁正忙著把玫瑰花塗成紅的。愛麗絲覺得很奇怪，就靠過去看看是怎麼回事。她聽見其中一個說：「老五，小心一點！你的油漆濺到我了！」

老五很不高興。「沒辦法，老七撞我手肘嘛。」

老七聽見就抬頭說：「幹得好，老五！有錯怪到別人頭上就對了！」

老五說：「這話可輪不到你講！昨天我才聽見王后說你該砍頭！」

「爲了什麼？」剛才第一個講話的問。

老七說：「老二，那不關你的事！」

老五說：「當然關他的事！我要告訴他。這事的起因是錯把鬱金香球根當成洋蔥給了廚子。」

老七摔下刷子，剛開口說：「所有不公平的事當中……」就看見愛麗絲站在旁邊，趕緊住口。另外兩個也轉過來看，然後全都深深鞠躬。

愛麗絲有點怕怕地問：「能不能告訴我，爲什麼要給玫瑰上漆？」

老五和老七沒說話，望向老二。老二低聲說：「事情是這樣的，小姐，這裡原本該種的是紅玫瑰樹，我們種錯了，種成了白玫瑰。要是讓王后發現，我們全都得砍頭。所以呢，小姐，我們正努力趕在她來之前……」就在這個時候，一直緊張兮兮盯著花園另一頭看的老五大叫：「王后來了！王后來了！」三個園丁立刻臉朝下趴平。愛麗絲聽見許多腳步聲，四下張望，想看王后。

爲首的是十名持棍（梅花）士兵，形狀和那三個園丁一樣，是平板狀的長方形，手腳長在四個角上。接著是十個侍臣，

渾身鑽石（方塊），和士兵一樣兩兩並列而行。再後面是十個皇家的小孩，身上飾有紅心，雙雙對對，手拉著手，很開心地邊走邊跳。接下來是賓客，大多是國王和王后，愛麗絲看見白兔也在其中。

牠好像很緊張，說話速度很快，人家說什麼牠都笑，走過愛麗絲身邊時完全沒發覺。紅心傑克走在賓客後面，用深紅色的絲絨墊子捧著國王的王冠。這眞是個壯觀的隊伍。最後出現的，是

紅心國王和
紅心王后。

愛麗絲不知道自己該不該學那三個園丁趴下，她從沒聽說過遊行有這種規矩，心想：「要是大家都趴下來臉朝下，那遊行要給誰看？」所以她就在原處站定等著。

遊行隊伍走到愛麗絲面前的時候，停了下來。王后嚴屬地問紅心傑克：「這是誰？」紅心傑克鞠躬微笑，不發一語。

「白癡！」王后不耐煩地甩甩頭，改問愛麗絲：「孩子，你叫什麼名字？」

愛麗絲很有禮貌地說：「啓稟王后，我叫愛麗絲。」但她在心裡面加了一句：「不過是一副紙牌，有什麼好怕的！」

王后指著圍著玫瑰樹趴在地上的三個園丁問：「這些人又是誰？」

他們趴在地上，背後的圖案整副牌都一樣，所以她光看背面看不出是園丁、士兵、侍臣還是自己的孩子。

愛麗絲說：「我怎麼知道。」她沒想到自己這麼勇敢。「又不關我的事。」

王后氣得臉都變成了深紅色，像野獸似地瞪了她一會兒，然後尖聲叫道：「砍掉她的頭！砍……」

愛麗絲說：「胡說八道！」說得堅決又很大聲，王后就住了嘴。

國王把手搭在王后胳臂上，膽怯地說：「親愛的，三思啊，她不過是個小孩子！」

王后忿忿轉頭不看他，對紅心傑克說：「把他們翻過來！」

紅心傑克很小心地用腳把他們翻了過來。

女王尖著嗓子大聲說：「起來！」那三個園丁一躍而起，開始向國王、王后、王子、公主和所有在場的人鞠躬。

王后大叫：「免了免了！搞得我頭好昏。」轉頭看見玫瑰樹，又問：「你們在這裡做什麼？」

老二單膝下跪，以非常謙卑的語氣說：「啓稟王后，我們想要……」

女王一邊檢視玫瑰一邊說：「我知道了！砍掉他們的頭！」然後，隊伍繼續前進，只留下三名士兵處決這些倒楣的園丁。他們跑去向愛麗絲求救。

愛麗絲說：「沒事！」

111

　　她把他們放進身旁一個大花盆裡，那三名士兵找了一會兒，沒有找到，就靜靜趕去歸隊。

　　王后大喊：「他們的頭還在不在？」

　　士兵高聲回覆：「啓稟王后，他們的頭都不見了。」

　　王后大喊：「很好！」又問：「會不會打槌球？」

　　士兵都沒接話，只看愛麗絲，這問題顯然是問她的。

　　愛麗絲高喊：「會！」

　　王后大吼：「那就來吧！」於是愛麗絲懷著強烈的好奇心加入了隊伍，不知道接下來會發生什麼事。

　　「今天……今天天氣眞好！」她身旁響起一個羞怯的聲音，原來是白兔正緊張地望著她的臉。

　　愛麗絲說：「是啊，天氣眞好……女公爵在哪裡？」

　　白兔連忙低聲說：「噓！噓！」一邊說一邊緊張地回頭望，然後踮起腳尖，把嘴湊到愛麗絲耳邊小小聲說：「她要給處死了。」

　　愛麗絲問：「爲什麼？」

　　白兔問：「你說的是『很遺憾』嗎？」

　　愛麗絲說：「不，我一點都不覺得遺憾啊。我說的是『爲什麼』。」

　　兔子說：「她打了王后耳光……」愛麗絲尖聲笑了出來。白兔嚇得要命，低聲說：「噓！別讓王后聽見！事情是這樣的，女公爵遲到，王后就說……」

王后的槌球場

「各就各位！」女王的叫聲如雷貫耳，大家聽了立刻四處亂跑，彼此撞來撞去亂成一團，過了一兩分鐘才終於就位，比賽開始。愛麗絲心想，她這輩子從沒見過這麼古怪的槌球場，地面高低不平，拿刺蝟當球，拿紅鶴當球棍，叫士兵拱起身子四腳著地權充球門。

　　起初愛麗絲最主要的困難在於操控紅鶴，她把紅鶴的身體夾在腋下，讓牠雙腿下垂，脖子伸直。要用紅鶴頭去打刺蝟時，牠卻把頭扭上來看她，那副困惑的樣子教她忍不住大笑。氣人的是，等到紅鶴低下頭去，總算可以打了，刺蝟卻伸直了身子，緩緩爬開。除此之外，無論她想把刺蝟往哪兒打，地上老是有凸起或凹洞擋路；還有，那些拱起身子四腳著地的士兵動不動就起身走到場內別處去。愛麗絲很快作出了定論，這球賽實在太難打了。

　　所有的球員同時打球，不分先後，不斷爭吵，搶刺蝟打。沒過多久王后就勃然大怒，跺著腳到處喊：「砍掉他的頭！」或「砍掉她的頭！」差不多一分鐘就喊一次。

　　愛麗絲覺得很不安，雖然目前為止和王后之間還沒有爭端，可是她知道隨時都可能會發生。她心想：「到了那個時候，我會有什麼下場？這裡的人好可怕，老愛砍人家的頭。最讓人想不通的是，砍到現在居然還有活人！」

　　她左顧右盼，想找路逃跑，不知道能不能別讓人看見。就在這個時候，空中出現了奇怪的東西。剛開始她猜不出那是什麼，看了一兩分鐘後，才看出是個咧著嘴的笑容。她對自己說：「是柴郡貓，這下子有人陪我說話了。」

浮現出來的嘴足夠說話時，貓就問：「還順利嗎？」

愛麗絲等到眼睛出現，才點點頭，心想：「雙耳出現以前，就算說話牠也聽不見，至少要等一隻耳朵出來再說。」一兩分鐘後，整個頭都出現了，愛麗絲才放下紅鶴，開始講球賽的事，她很開心終於有了說話的對象。貓好像認為現身到這個程度已經夠用了，身體就沒出來。

「我覺得這球賽不太公平，」愛麗絲的語氣有點像抱怨：「而且大家吵得要命，連自己說話都聽不見。他們好像沒有規則，就算有也沒人遵守。更糟的是所有東西全是活的，亂得要命，比如說，我下一球要打的球門在球場那一頭走來走去，還有，我剛剛本來可以打到王后的刺蝟，可是她的刺蝟看見我的刺蝟滾過去，居然就逃走了！」

貓低聲問：「你喜不喜歡王后？」

愛麗絲說：「一點都不喜歡。她實在太……」她突然發覺王后就在身後聽著，「……可能會贏，我們根本不必浪費時間把比賽打完。」

王后笑了笑，走開了。

「你在跟誰說話？」國王走過來，十分好奇地看那個貓頭。

愛麗絲說：「容我為您介紹，這是我的朋友，柴郡貓。」

國王說：「我不喜歡牠的長相，不過，牠想的話可以親我的手。」

貓說：「我不要。」

「不得無禮，也不許那樣看我！」國王說著躲到愛麗絲身後。

「貓也可以看國王。我在書上看過，可是不記得是哪本書。」愛麗絲說。

「嗯，非得把這東西移開不可。」國王似乎下定了決心，高聲對正在為別的事生氣的王后說：「親愛的！我希望你能讓人把這東西弄走！」

王后只要遇到難題，無論大事小事，解決的辦法就那一個。她頭也不回，說：「砍掉他的頭！」

國王急切地說：「我自己去叫劊子手。」匆匆忙忙走了。

愛麗絲心想，不如回去看看比賽進行得怎樣，就聽見王后激動的尖叫聲遠遠傳來。之前有三名球員該打球的時候沒打，全讓王后給判了死刑，她實在很不喜歡這樣，可是球賽一片混亂，愛麗絲根本不知道什麼時候輪她打球，只好先去找她的刺蝟。

她的刺蝟正在和別的刺蝟打架，愛麗絲正好可以抓住機會以球撞球，問題是她的紅鶴跑到花園另一邊去了，愛麗絲遠遠看見牠努力想飛上樹，卻徒勞無功。

　　等她把紅鶴抓回來，刺蝟已經打完架，不見了。愛麗絲心想：「算了，沒關係，反正球場這一邊的球門也統統不見了。」她把紅鶴塞回腋下，免得再跑掉，然後回去找她的朋友聊天。

　　不料這時候柴郡貓旁邊圍了一堆人，劊子手、國王與王后之間起了爭執，三人同時說話，其餘所有人都靜靜站著，看起來非常不安。

　　愛麗絲一出現，三人都找她評理，三個人都急著把事情講給她聽。她發覺要聽明白他們講的話還真不容易。

　　劊子手的論點是，如果沒有身體，就沒辦法把頭從身上砍下來。他從沒做過這種事，而且有生之年都不會做。

　　國王的論點是，有頭就可以砍，不必廢話。

　　王后的論點是，這件事如果不能立刻解決，就砍掉在場所有人的頭。（使得所有人神色沉重又焦慮的就是最後這一句。）

　　愛麗絲想不出別的話，只好說：「貓是女公爵的，還是問她好了。」

「她在牢裡。」王后對劊子手說：「帶她過來。」劊子手箭也似地走了。

劊子手一走，貓頭就漸漸隱去，等他把女公爵帶回來，貓已經完全消失了。國王和劊子手瘋狂地到處找貓，其他人則回去繼續打球。

121

第 九 章

假海龜的故事

「*親愛的*老朋友，你都不曉得我有多高興能再見到你！」女公爵親熱地挽住愛麗絲的胳臂，和她一起走開。

愛麗絲很高興看見她心情如此之好，心想她之前在廚房那麼野蠻也許只是胡椒的原故。

她對自己說（語氣並沒抱太大希望）：「等我當上女公爵，絕對不會在廚房裡放胡椒。湯不加胡椒也很好喝。說不定大家脾氣不好都是讓胡椒害的。」她很高興發現了新道理。「醋讓人變酸，甘菊讓人變苦，還有，還有麥芽糖之類的東西讓小孩子變得甜甜的。真希望大家都能懂得這個道理，就不會給糖給得那麼小氣……」

　　她想得太專心，把女公爵給忘了，所以聽見她的聲音在耳邊響起時嚇了一跳。「你在想事情吧，親愛的，以至於都忘了講話，從這裡頭能學到什麼教訓我一時說不出，但等會兒應該就能想起來。」

　　愛麗絲鼓起勇氣說：「也許從這裡頭根本學不到什麼教訓。」

　　女公爵說：「嘖，嘖，小孩子！從每件事裡我們都能學到教訓，只看你找不找得到。」她說話的時候緊緊挨著愛麗絲。

　　愛麗絲不喜歡和她靠那麼近，一來女公爵很醜，二來女公爵的身高正好可以把下巴靠在愛麗絲肩膀上，那下巴很尖，壓得愛麗絲很不舒服。可是她不想失禮，只好盡量忍耐。

　　「球賽現在進行得比較順了。」愛麗絲沒話找話說。

　　女公爵說：「沒錯。而我們從那件事學到的就是：『噢，是愛，是愛讓世界轉動！』」

　　愛麗絲低聲說：「之前有人說過，地球轉動靠的是每個人只管自己的事！」

　　「噢，反正意思差不多！」說著，女公爵又拿她尖尖的小下巴去戳愛麗絲的肩膀。「從這件事裡我們學到的是：『有想法，就不怕沒話說。』」

　　愛麗絲心想：「她真愛在事情裡找教訓。」

　　「你一定不明白我為什麼不摟你的腰吧。」女公爵頓了一下又說：「原因在於，我怕你這隻紅鶴脾氣不好。我該不該試試看呢？」

愛麗絲不想讓她試，小心地答道：「說不定牠會咬人。」

女公爵說：「那倒是。紅鶴和芥末都會咬人。從這件事裡我們可以學到：『羽毛相同的鳥會聚在一起。』」

愛麗絲說：「可是芥末不是鳥。」

「沒錯，你總是對的。你陳述事情眞是清楚！」女公爵說。

愛麗絲說：「那是礦物吧，我想。」

「當然是啊。」女公爵似乎打定主意要附和愛麗絲，隨她怎麼說都行。「這附近就有座大型的芥末礦場，而我們從這裡得到的教訓是：『我的 ◎5 越多，你的就越少。』

「噢，我知道了！」愛麗絲沒注意到女公爵最後那句話，只顧著說：「它是植物，雖然看起來不像，但它是植物才對。」

「我也這麼認爲。」女公爵說。「而其中的教訓就是：『做別人眼中的你』，簡而言之：『不要以爲你和別人眼中可能看見的你沒有不同而以前的你和以前可能的你和更早以前的你沒有不同在他們看起來會不一樣。』」

愛麗絲很有禮貌地說：「我想，如果我把它寫下來，應該會比較容易理解，可是光用聽的我有點聽不太懂。」

女公爵開心地說：「那沒什麼，我還能講得更好。」

◎5. mine 的另一個意思是「礦」。

129

愛麗絲說：「不用麻煩了，剛剛那樣已經夠長了。」

「噢，別說什麼麻煩不麻煩的！剛剛那些話全都當作禮物送給你。」女公爵說。

「這禮物還眞便宜！幸虧他們不會送這種生日禮物！」這話愛麗絲只敢在心裡想，不敢大聲說出來。

「又在思考？」女公爵又拿尖下巴戳了她一下。

「我有權思考。」愛麗絲開始有點不耐煩，就不客氣了。

「豬也有權飛翔。從這件事可以學到一個教⋯⋯」

女公爵說到這裡突然打住，愛麗絲很驚訝她居然沒把她最愛的「教訓」說完，而且挽著愛麗絲的手開始發抖。愛麗絲抬頭一看，王后站在眼前，叉著手，皺著眉頭，有暴風雨將至的氣勢。

「天氣眞好啊，陛下！」女公爵說得低聲下氣。

王后邊跺腳邊吼：「我警告你，你要不就走人，要不就砍頭！動作快，要比立刻再快一倍！自己選！」

女公爵當下作出決定，馬上離開。

王后對愛麗絲說：「我們繼續打球吧。」愛麗絲嚇得一聲都不敢吭，乖乖跟著王后回到球場。

其他賓客都趁王后不在跑去乘涼，如今見她回來，趕緊各就各

位。王后只淡淡地說，動作慢的就沒命。

打球的時候，王后一直和其他球員吵架，不時大喊：「砍掉他的頭！」或「砍掉她的頭！」士兵得將死刑犯帶開，還要看守，自然就得先放下球門的職務，於是半個小時之後，球場上就沒有球門了。球員也只剩下國王、王后和愛麗絲，其餘全都給判死刑，抓了起來。

王后氣喘吁吁停了下來，對愛麗絲說：「你見過假海龜沒有？」

愛麗絲說：「沒見過。我連假海龜是什麼東西都不知道。」

王后說：「就是用來做假海龜湯的東西呀。」

愛麗絲說：「從來沒見過，也沒聽過。」

王后說：「那麼，跟我走，他會講他的故事給你聽。」

隨王后離開的時候，愛麗絲聽見國王低聲對大家說：「赦你們統統無罪。」她心想：「真是太好了！」剛剛王后判了太多死刑，愛麗絲很不樂見。

不一會兒，她們遇見一頭躺在地上的鷹頭獅，陽光下睡得很熟。（如果你不知道鷹頭獅是什麼，請看圖。）

王后說：「懶東西，給我起來！帶這位小姑娘去見假海龜，聽牠講故事。我得回去監督他們執行我剛判的死刑。」

王后把愛麗絲留在鷹頭獅身邊，獨自離開。愛麗絲不太喜歡這種生

物的長相，但是要論安全與否，在牠身邊和在殘忍的王后身邊反正都一樣，就留了下來。

鷹頭獅坐起來，揉揉眼睛，然後盯著王后直到她的背影完全消失，才笑出聲來，半對自己半對愛麗絲說：「真好笑！」

愛麗絲問：「什麼事情好笑？」

「她呀。其實他們沒真的殺過誰，全都只是她的幻想。來，跟我走！」鷹頭獅說。

愛麗絲心想：「這裡的人都愛用命令句。」她緩緩跟在牠身後。「我這輩子從沒這樣受人擺布，從來沒有！」

沒走多久，就遠遠看見假海龜坐在一塊岩石上，孤單淒涼。走近一點，愛麗絲就聽見牠嘆氣，好像心碎了似的。她覺得好可憐，問鷹頭獅：「牠為什麼這麼傷心？」鷹頭獅的回答和剛剛的話很像：「哪有什麼可傷心的，全都是牠的幻想。來，跟我來！」

他們走到假海龜面前，假海龜只用淚汪汪的大眼睛看他們，不說一句話。

鷹頭獅說：「這位小姑娘想聽你的故事。」

假海龜用低沉空洞的聲音說：「那我就講給她聽。坐下吧，你們都坐下，在我講完之前可別插嘴。」

於是他們坐了下來，有好一會兒誰都沒開口。愛麗絲心想：「如果他根本不開始講，要怎麼講完？」

但她耐著性子等。

　　假海龜終於深深嘆息一聲，開始講了：「從前，我曾經是隻真海龜。」

　　這幾個字之後又是一段長長的沉默，中間只穿插了鷹頭獅發出的幾次怪聲，以及假海龜沉重的嗚咽聲。愛麗絲差點就要站起來說：「謝謝您，先生，您的故事真有趣。」可是牠總不可能永遠沉默下去吧，愛麗絲終究還是忍住了不耐，靜靜坐著不動。

最後，海龜終於又開口了，雖然還是偶爾啜泣，但比剛才平靜。「小時候，我們在海裡上學。教我們的老師是隻老海龜，我們都叫牠陸龜[6]。」

　　「他又不是陸龜，為什麼要這樣叫他？」

　　假海龜生氣了。「因為他『教我們』啊，你真笨！」

　　鷹頭獅說：「這麼簡單的問題你也問，真可恥。」他們兩個靜靜坐在那裡看著可憐的愛麗絲，愛麗絲恨不得能挖個洞往下鑽。最後還是鷹頭獅對假海龜說：「快講吧，老兄，不要耗上一整天。」於是假海龜繼續說下去。

　　「是的，我們在海裡上學，雖然你可能不相信……」

◎6.原文音同『教我們』。

　　愛麗絲插嘴：「我沒說我不相信！」

　　假海龜說：「這不就說了嗎？」

　　愛麗絲來不及回嘴，鷹頭獅就說：「別講話！」於是假海龜繼續說下去。

　　「我們受最好的教育……事實上，我們天天都上學……」

　　「我也上學，你用不著那麼得意。」愛麗絲說。

　　「有額外收費的嗎？」假海龜有點緊張。

　　「有啊，法文課和音樂課。」愛麗絲說。

　　假海龜問：「那洗衣服呢？」

　　「當然沒有！」愛麗絲很生氣。

　　「啊，那你們的學校不夠好！」假海龜鬆了一口氣。「我們學校的繳費單上末三項就是：法文、音樂和洗衣，額外收費。」

　　愛麗絲說：「你們住在海底，何必洗衣服。」

　　假海龜嘆了口氣。「我想學還學不起哩，我只付得起一般課程的學費。」

　　愛麗絲問：「一般課程有哪些？」

　　假海龜說：「一開始當然是毒術（讀書）和蟹子（寫字）。然後是算術的幾個分支：假化、簡化、塵化、醜化（加法、減法、乘法、除法）。」

　　愛麗絲鼓起勇氣說：「我沒聽過醜化，那是什麼

鷹頭獅驚訝得舉起雙爪。「什麼！你沒聽過醜化！那美化你總聽過吧？」

「聽過。意思是……把……東西……變美。」愛麗絲不太確定。

鷹頭獅說：「是啊，那還不知道醜化的意思，就是笨蛋了。」

愛麗絲不敢再往下問，改問假海龜：「你們還學些什麼？」

假海龜說：「這個嘛，還有理詩（歷史），有古代和現代兩種，跟海理（地理）一起學。還有滑划，滑划（畫畫）老師是隻老海鰻，一星期來一次，教我們滑划、速瞄（素描）和游划（油畫）。」

愛麗絲問：「那是什麼樣子？」

假海龜說：「嗯，我太僵硬了，沒法親自示範。鷹頭獅又沒學過。」

鷹頭獅說：「我沒空學，我上的是古典文學，老師是隻老螃蟹，脾氣壞透了。」

「我沒上過他的課。」假海龜嘆口氣說：「聽說他教的是辣丁文和喜辣文（拉丁文和希臘文）。」

「是的，沒錯。」輪到鷹頭獅嘆氣了。兩隻動物都以掌掩面。

「那你們每天上課幾小時？」愛麗絲連忙換個話題。

假海龜說：「第一天上十小時，第二天上九小時，以此類推。」

愛麗絲驚呼：「太奇怪了！」

「不然怎麼叫『上剋』。」鷹頭獅說：「就是因爲每天都剋扣掉一點時間啊。」

這對愛麗絲來講是個新觀念，她想了好一會兒才又問：「那第十一天一定就放假囉？」

假海龜說：「當然。」

「那第十二天要怎麼辦？」愛麗絲很想知道。

鷹頭獅以堅決的口氣打斷她的問題。「上剋的事就聊到這裡，接下來跟她講講遊戲吧。」

第 十 章

龍蝦方塊舞

*假海龜*深深嘆息，用手背擦擦眼睛，看著愛麗絲，想要說話，卻哽咽得說不出來。鷹頭獅說：「如鯁在喉就是這個樣子。」鷹頭獅抓住假海龜用力搖，又在背上搥了幾下，假海龜才終於恢復了說話能力，流著眼淚繼續往下說：

「你可能沒在海底生活過……」（愛麗絲說：「的確沒有。」）「……也可能沒見過龍蝦……」（愛麗絲原本想說：「我吃過一次……」但及時打住，改說：「從沒見過。」）「所以你大概不知道跳龍蝦方塊舞有多麼開心！」

愛麗絲說：「我的確不知道。那是什麼樣的舞？」

鷹頭獅說：「噢，首先，在海灘上排成一行……」

141

假海龜大叫：「兩行才對！海豹、海龜、鮭魚什麼的都來參加，要先把水母趕開……」

鷹頭獅插嘴：「那通常要花一點時間。」

「……向前兩步……」

鷹頭獅大叫：「各帶一隻龍蝦當舞伴！」

「那是當然。前進兩步，轉身面對舞伴……」假海龜說。

鷹頭獅又說：「……換龍蝦，然後以同樣的方式退回原位。」

假海龜接著說：「然後，你拋出……」

鷹頭獅跳起來大喊：「龍蝦！」

「……對著大海，能丟多遠丟多遠……」

鷹頭獅尖聲大叫：「然後追在後面游！」

假海龜瘋狂地蹦蹦跳跳，高喊：「在海裡翻跟斗！」

鷹頭獅喊：「然後再換一次龍蝦！」

「然後回到岸上，這就是第一段舞。」假海龜突然住口。剛剛還瘋瘋癲癲手舞足蹈的這兩個，哀傷地坐了下來，靜靜望著愛麗絲。

愛麗絲有點怕怕地說：「這舞跳起來一定很好看。」

假海龜問：「想不想看我們跳一小段？」

愛麗絲說：「非常想。」

假海龜對鷹頭獅說：「來，我們就跳第一段給她看吧！沒龍蝦也能跳。誰來唱？」

鷹頭獅說：「噢，你來唱。歌詞我已經忘了。」

龍蝦方塊舞

　　於是他們認眞地圍著愛麗絲跳起舞來，靠得太近時還踩到她的腳趾頭。

　　他們揮動前掌打拍子，假海龜的歌唱得十分緩慢，而且傷感：

　　　　白鱈魚對蝸牛說：「走快一點好不好？
　　　　比目魚緊跟在後，踩我尾巴受不了。
　　　　你看龍蝦和那海龜迫不及待往前走！
　　　　他們全都等在海邊，你要不要一起跳？
　　　　你要不要，你要不要，你要不要一起跳？
　　　　你要不要，你要不要，你要不要一起跳？

「他們將會抓起我們，抓起我們扔進海裡，
連同龍蝦扔進海裡，可知那有多開心！」
蝸牛斜眼看著白鱈，說：「太遠了，我不要。」
客客氣氣謝謝白鱈，但他不要一起跳。
不願，不能，不願，不能，不要一起跳。
不願，不能，不願，不能，不要一起跳。

「遠不遠有什麼關係？」白鱈不明白。
「海的那頭也有海岸，離英格蘭越遠，離法蘭西越近⋯⋯
親愛的蝸牛，別嚇得臉發白，快一起來跳舞。
你要不要，你要不要，你要不要一起跳？
你要不要，你要不要，你要不要一起跳？」

愛麗絲很高興他們終於跳完了。「謝謝你們，這舞真有意思，我很喜歡那首奇怪的白鱈歌！」

假海龜說：「噢，說到白鱈，你見過吧？」

愛麗絲說：「見過啊，常在晚⋯⋯」她及時打住。

假海龜說：「我不知道你說的是什麼灣，不過如果你常常見到白鱈，就一定知道白鱈的樣子。」

　　愛麗絲想了一想。「應該是吧，他們的尾巴放在嘴裡，全身沾滿麵包屑。」

　　假海龜說：「麵包屑的事你說錯了，麵包屑一進海裡肯定給沖個乾淨。不過他們的尾巴確實在嘴裡，原因是……」假海龜打個呵欠，閉上眼睛，對鷹頭獅說：「把原因什麼的告訴她。」

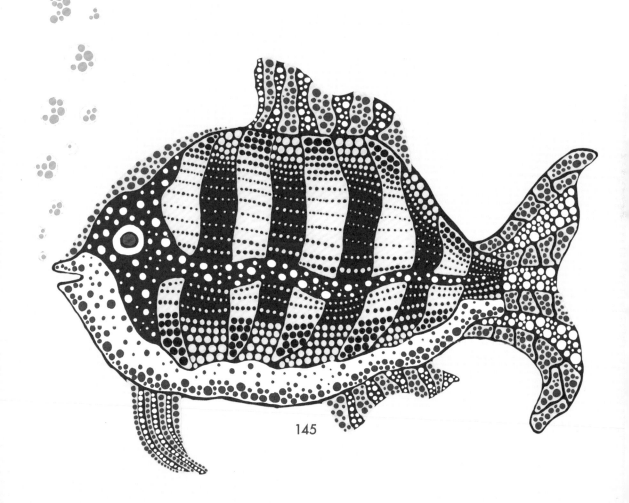

145

　　鷹頭獅說：「原因就是，他們要跟龍蝦去跳舞，所以會被丟進海裡，所以會被扔得很遠，所以把尾巴固定在嘴裡，以後就拿不出來。就是這樣。」

　　愛麗絲說：「謝謝，真有趣，我從前對白鱈知道得沒這麼多。」

　　鷹頭獅說：「你想知道更多的話，我還能再說一些。你知道白鱈為什麼叫白鱈嗎？」

　　愛麗絲說：「我沒想過這個問題。為什麼？」

　　鷹頭獅很嚴肅地說：「因為可以用來擦白靴和白鞋。」

　　愛麗絲聽得一頭霧水，莫名其妙。「擦白靴和白鞋？」

　　「是啊，不然你的白鞋都怎麼辦？要把鞋擦亮的時候，要用什麼擦？」鷹頭獅問。

　　愛麗絲低頭看看腳上的鞋，想了一想，才說：「應該是鞋油吧。」

　　鷹頭獅用低沉的聲音說：「海裡的靴子和鞋子是用白鱈擦的。現在你知道了吧。」

　　愛麗絲很好奇地問：「那靴子和鞋子是用什麼做的？」

　　「當然是比目魚和鰻魚[7]啦，這種小事連蝦子都能告訴你。」

◎7. 原文發音近似鞋底和鞋跟。

　　愛麗絲的心思還在那首歌上。「如果我是白鱈，就會跟比目魚說：『請讓開，我們不想讓你跟！』」

　　假海龜說：「他們一定得讓比目魚跟，聰明的魚無論去那裡都要有比目魚。」

　　「眞的嗎？」愛麗絲非常驚訝。

　　假海龜說：「當然是眞的。如果有條魚來跟我說他要出遠門，我就會問他：『有什麼比目魚？』」

　　愛麗絲說：「你想說的是『目的』吧？」

　　「我說的就是我想的。」假海龜生氣了。

鷹頭獅趕緊接話：「喂，說說你的故事吧。」

　　愛麗絲有點害羞。「我能講的只有今天早上到現在的事，沒辦法講昨天，因爲我已經變成完全不同的人了。」

　　假海龜說：「解釋清楚一點。」

　　鷹頭獅很不耐煩地說：「不，不！先講故事，解釋太花時間。」

　　於是愛麗絲就從第一次遇見白兔開始講。起初有點緊張，這兩隻動物把她夾在中間，靠得那麼近，眼睛嘴巴都張得很大。但是越講她就越有勇氣。兩位聽眾一直很安靜，直到她講到背《威廉爸爸你老了》給毛毛蟲聽，字句全錯了的時候，假海龜才深吸一口氣說：「太奇怪了。」

鷹頭獅說：「真是怪到不能再怪。」

假海龜若有所思地說：「統統背錯了！我想再聽她背點什麼，叫她背吧。」牠這話對著鷹頭獅說，好像愛麗絲歸牠管似的。

鷹頭獅說：「站起來，背《這是懶鬼的聲音》。」

愛麗絲心想：「這些動物真愛發號施令，還敢叫我背課文！我還不如去上學算了。」她還是起身背了起來，可是腦子裡裝滿了龍蝦方塊舞，簡直不知道自己在說什麼，背出來的東西怪透了：

> 「這是龍蝦的聲音；我聽見他說：
> 『你把我烤得太焦，我得在頭髮上加糖。』
> 鴨子用眼皮，他用的是鼻子，
> 整理腰帶和鈕扣，把腳趾頭向外翻。」

鷹頭獅說：「這跟我小時候背的不一樣。」

假海龜說：「嗯，這個我以前沒聽過，可是聽起來簡直是胡說八道。」

愛麗絲坐下來，把臉埋在掌心裡，一句話也不說，擔心一切再也無法恢復正常。

假海龜說：「我想聽她解釋一下。」

鷹頭獅立刻說：「她解釋不了，直接背下一段吧。」

假海龜追問：「可是他的腳趾頭是怎麼回事？怎麼能用鼻子把腳趾頭往外翻？」

「那是跳舞的第一個姿勢。」愛麗絲雖然這麼說，但她已經讓整件事弄昏頭了，只想趕快換話題。

鷹頭獅不耐煩地說：「快背下一段。開頭是：『我經過他的花園』。」

愛麗絲明知一定會背錯卻不敢不從，只好用顫抖的聲音繼續背：

「我經過他的花園，用一隻眼睛看見，
　貓頭鷹和美洲豹，分食一個餡餅……

假海龜插嘴說：「如果你光背詩不解釋，那誰聽得懂？我從沒聽過這麼難懂的東西！」

鷹頭獅說：「沒錯，我看你就別背了。」

「我們要不要再跳一段龍蝦方塊舞？還是要假海龜唱首歌來聽？」鷹頭獅又說。

「噢，唱歌好，如果假海龜願意的話，請唱歌吧。」愛麗絲的態度太過急切，鷹頭獅好像受了冒犯，不太高興地說：「哼，真是青菜蘿蔔各有所好！老兄，給她唱首『海龜湯』吧。」

假海龜深深嘆了口氣，用哽咽的哭腔唱了起來：

「美味的湯，又濃又綠，
等在熱鍋裡！
為此等佳餚，誰能不折腰？
今晚的湯，美味的湯！
今晚的湯，美味的湯！
美……味的湯！
美……味的湯！
今……晚的湯……呀，
美味的美味的湯！

美味的湯！魚比不上，
野味和別的食物都比不上！
什麼都可以放棄，只要這美味的湯，
便宜又美味，兩便士的湯。
美……味的湯！
美……味的湯！
今……晚的湯……呀！
美味的美味……的湯！

　　鷹頭獅大叫：「合唱部分反覆一遍！」假海龜正要再唱，遠方就有人高喊：「審判開始！」

　　「走！」不等歌唱完，鷹頭獅拉著愛麗絲的手，匆匆離開。

　　愛麗絲跑得好喘，問：「什麼審判？」鷹頭獅只說：「快點！」越跑越快。微風跟在他們身後，送來淒楚的歌聲，漸行漸遠漸弱，唱著：

*「今……晚的湯，
美味的美味的湯！」*

第 十 一 章

是誰偷了
水果塔？

紅心國王 和紅心王后坐在寶座上，四周擠得滿滿的，各種鳥獸都來了，而且整副牌都在。傑克銬著鐵鍊，站在國王和王后面前，兩邊各有一名士兵守著。白兔站在國王身旁，一手拿著喇叭，一手拿著羊皮紙卷。法庭正中央有張桌子，上頭放著一大盤水果塔，

看起來好吃極了，愛麗絲看了好餓，心想：「希望審判結束之後他們會分點心給大家吃！」可惜審判不像會早早結束，她只好東張西望來打發時間。

愛麗絲沒上過法庭，但在書裡讀過，這裡所有事物的名稱她幾乎都知道，相當得意。她自言自語說：「那是法官，因為他戴了一頂大假髮。」

153

對了，法官就是國王。他把王冠戴在假髮上面（如果想知道他是怎麼戴的，請看卷頭插圖），看起來不太舒服，也不恰當。

愛麗絲心想：「那邊是陪審席。那十二隻動物（她不得不說『動物』，因爲其中有鳥有獸）應該就是陪審員了。」她將「陪審員」三個字在心裡默默說了兩三遍，相當得意。因爲她認爲和她同齡的小女孩多半都不知道這三個字的意思，的確如此。不過，陪審員的說法不只一個。

十二名陪審員都忙著在石板上寫字。愛麗絲悄悄問鷹頭獅：「他們在做什麼？審判還沒開始，沒東西可寫呀。」

鷹頭獅說：「他們在寫自己的名字，以免審判還沒完就把自己的名字忘了。」

「笨蛋！」愛麗絲太氣了，罵得很大聲，聽見白兔大喊：「肅靜！」連忙噤聲。國王戴起眼鏡，緊張兮兮，東張西望，想看是誰在講話。

愛麗絲用不著走到陪審員背後，就能清楚看出所有陪審員在石板上寫的都是「笨蛋」二字。有個陪審員連「笨」都不會寫，還得問旁邊的人。愛麗絲心想：「那些石板肯定不等審完就給寫得亂七八糟了！」

有個陪審員的筆寫字的時候發出刺耳的聲音，愛麗絲當然受不了，繞過法庭走到他後面，找到機會就抽走他的筆。她動作很快，

那可憐的陪審員（也就是蜥蜴比爾）根本不知道筆是怎麼不見的，遍尋不著，只好以指代筆。整場審判中牠寫也是白寫，因為手指在石板上留不了痕跡。

國王說：「傳令官，宣讀罪狀！」

白兔拿起喇叭吹了三聲，打開羊皮紙，宣讀如下：

「炎炎夏日，紅心王后
做了水果塔，
紅心傑克竟敢偷，
統統都拿走！」

國王對陪審團說：「想想要怎麼判吧。」

「還沒，還沒！」兔子連忙打岔。「離那一步還早呢！」

國王說：「傳喚第一個證人。」白兔吹三聲喇叭，高喊：「傳第一個證人。」

第一個證人是帽匠。他一手拿著茶杯，一手拿著塗了奶油的麵包。「陛下，請您見諒，我被傳喚的時候茶還沒喝完，只好拿著來了。」

國王說：「茶會早該結束了吧，什麼時候開始的？」

帽匠望向跟在後頭走進法庭的三月兔，牠和睡鼠手挽著手。「我想應該是三月十四吧。」

三月兔說：「十五。」

睡鼠說：「十六。」

國王對陪審團說：「寫下來。」陪審團就認真地把三個日期都寫在石板上，先相加，再換算成先令和便士。

國王對帽匠說：「帽子脫掉。」

帽匠說：「這帽子不是我的。」

國王怒吼：「是偷來的！」他一看陪審團，陪審團就立刻把這當作事實記了下來。

帽匠說：「這是我留下來要賣的，我是帽匠，沒有自己的帽子。」

　　王后戴上眼鏡盯著帽匠看，把他嚇得臉色蒼白，手足無措。

　　國王說：「說證詞吧。不許緊張，否則當場處死。」

　　這話一點也起不了鼓勵作用，帽匠的身體重心一會兒放在左腳，一會兒放在右腳，不安地看看王后，還把茶杯當成奶油麵包，咬了一大口。

　　就在這個時候，愛麗絲有種很奇怪的感覺，好一會兒才明白過來：她又開始長大了。她本想起身離開法庭，但再想想，就決定暫且留下，等這裡容不下她再說。

　　坐在她旁邊的睡鼠說：「你不要一直擠，我快不能呼吸了。」

　　愛麗絲不太好意思地說：「我也沒有辦法，我在長大。」

　　睡鼠說：「你無權在這裡長大。」

　　愛麗絲大著膽子說：「別胡說，你還不是在長大。」

　　睡鼠說：「沒錯，但是我長大的速度很合理，沒你那麼離譜。」他臭著臉站起來，走到法庭另一邊去了。

　　在這段時間裡，王后一直盯著帽匠看。就在睡鼠穿過法庭的時候，她對一名法警說：「把上一次音樂會的歌手名單拿來！」可憐的帽匠一聽這話拼命發抖，把鞋子都給抖掉了。

　　國王很生氣地又說了一次：「快說證詞，否則不管你緊不緊張，都要受死。」

帽匠用顫抖的聲音說：「陛下，我是個可憐人，當時我剛開始喝茶……還不到一個星期……抹了奶油的麵包越來越薄……而一閃一閃的茶……」

國王問：「一閃一閃的什麼？」

帽匠說：「我還沒說完。」

國王厲聲說：「那又怎樣，你當我是白癡嗎？繼續說！」

帽匠說：「我是個可憐人，在那之後大部分的東西都一閃一閃的……不過三月兔說……」

三月兔連忙打岔：「我沒說！」

帽匠說：「你有！」

三月兔說：「我否認！」

國王說：「他否認，就略過那段話。」

「好吧，不過睡鼠說……」帽匠緊張地四下看了看，怕睡鼠也要否認，幸好睡鼠睡得正熟，什麼都不會否認。

帽匠又說：「在那之後，我又切了些奶油麵包……」

有位陪審員問：「睡鼠說了什麼？」

帽匠說：「我不記得了。」

國王說：「你非想起來不可，否則我就處死你。」

帽匠慘兮兮丟下茶杯和奶油麵包，單膝跪下。「陛下，我是個可憐人。」

國王說：「你說話的技巧更可憐。」

　　這時有隻天竺鼠放聲歡呼，法警立刻加以鎮壓。（這是個很難的詞，我來說明一下做法。他們拿一個大帆布袋，把天竺鼠頭先腳後塞進去，然後用繩子捆住袋口，再坐到袋子上。）

　　愛麗絲心想：「真高興能親眼看見。常在報上讀到，審判結束時，『有人鼓掌喝采，當場受到鎮壓。』現在才終於明白是怎麼回事。」

　　國王又說：「如果你只知道這些，那就可以下去了。」

　　帽匠說：「我沒地方可下，因為我已經在地板上了。」

　　國王答道：「那麼你可以『坐』下。」

　　又有一隻天竺鼠歡呼，同樣受到鎮壓。

　　愛麗絲心想：「這下子天竺鼠清光光！審判可以進行得順利些了。」

　　「我想回去把茶喝完。」帽匠緊張地看王后一眼，王后正在看歌手名單。

　　國王說：「你可以走了。」帽匠趕緊跑出法庭，連鞋都顧不得穿。

　　王后吩咐一名法警：「追出去砍掉他的頭！」可是法警還沒走到門邊，帽匠早已不見蹤影。

　　國王說：「傳喚下一個證人。」

　　下一個證人是女公爵的廚子。她手裡拿著裝胡椒粉的盒子，還沒走進法庭，愛麗絲就猜到是她，因為門邊的人全都開始打噴嚏。

　　國王說：「陳述你的證詞。」

　　廚子說：「不要。」

　　國王急了，望向白兔。白兔低聲說：「陛下一定要交叉質詢證人。」

　　國王無可奈何地說：「好吧，如果非得這樣不可，那我就做吧。」他先交叉手臂，然後皺著眉頭看那廚子，弄到眼睛都快看不見了，壓低聲音問：「水果塔是什麼做的？」

　　廚子說：「胡椒，大部分是胡椒。」

　　她身後有個睡意甚濃的聲音說：「糖漿。」

　　王后尖聲大叫：「抓住那隻睡鼠，砍掉牠的頭！把牠趕出法庭！鎮壓牠！掐牠！拔掉牠的鬍鬚！」

　　為了把睡鼠趕出去，整個法庭亂了好一會兒，等大家重新坐定，廚子已經不見了。

　　國王如釋重負地說：「沒關係！傳下一個證人。」然後小聲對王后說：「親愛的，下一個證人得由你來交叉質詢了，我頭好疼！」

　　愛麗絲看白兔在名單上東找西找，很好奇下一個證人是誰，自言自語說：「他們問了半天也沒問出什麼證據。」接著她大吃了一驚，因為白兔用盡全力尖聲叫出的名字是：「愛麗絲！」

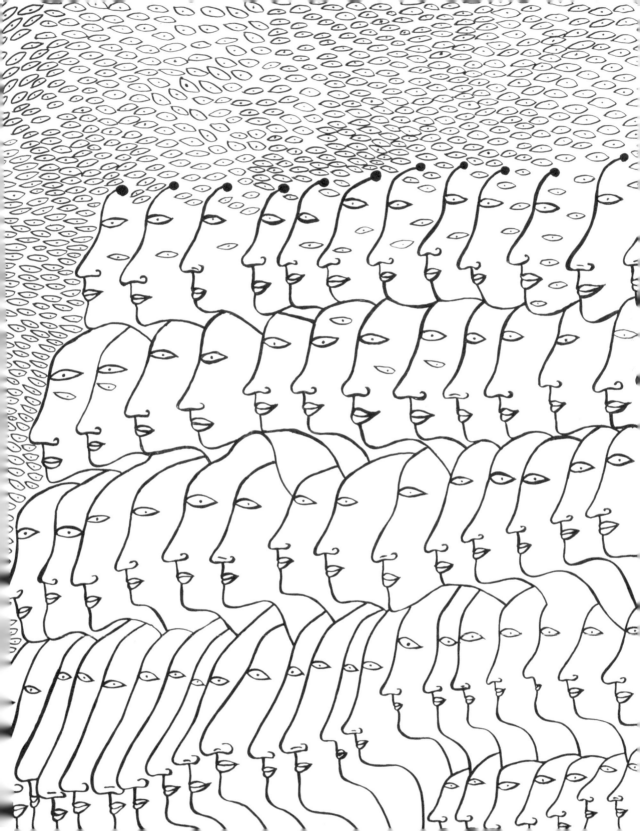

第 十 二 章

愛麗絲的 證詞

愛麗絲喊：「有！」慌亂中忘了自己長得很大，急忙起身時裙角掃翻了陪審席，把所有陪審員都掀到了下面群眾的頭上。她看牠們四腳朝天躺在那裡，想起上星期不小心打翻的那缸金魚。

她難過地驚呼：「噢，真對不起！」用最快的速度把牠們一個個拾起來，因為金魚事件記憶猶新，她很怕不趕快把牠們放回陪審席，牠們就會死掉。

國王嚴正宣布：「陪審員必須全部歸位，審判才能繼續進行……我說的是『全部』。」他特別強調「全部」，而且說的時候瞪著愛麗絲。

　　愛麗絲看看陪審席，原來她忙中有錯，把蜥蜴頭下腳上放反了。那可憐的小東西動彈不得，只能無助地搖尾巴。她趕緊把牠拿出來重新擺好，自言自語說：「有什麼差別呢？牠頭朝下還是朝上，對審判的作用都一樣。」

　　陪審團驚魂甫定，石板和筆也都找回來之後，就開始認眞記錄剛才的意外事件。只有蜥蜴驚嚇過度，張著嘴坐在那裡，呆呆望著天花板，什麼也沒法做。

　　國王問愛麗絲：「你對這件事知道多少？」

　　愛麗絲說：「一無所知。」

　　國王追問：「統統不知道？」

　　愛麗絲說：「統統不知道。」

　　國王對陪審團說：「這非常重要。」他們才動筆記錄，白兔就打岔說：「不重要。陛下的意思是說，這並不重要。」他語氣恭敬，但是邊說邊皺眉頭，還跟國王使眼色。

　　國王連忙改口：「不重要，我的意思當然是說，這不重要。」然後低聲自言自語：「重要……不重要……重要……不重要……」像在測試哪一種說法好聽。

　　有些陪審員寫「重要」，有些陪審員寫「不重要」。愛麗絲坐得很近，看在眼裡，心想：「無所謂，反正這不重要。」

　　國王剛剛也忙著在本子上寫東西，這時高喊：「肅靜！」然後朗聲讀出本子上的內容：「根據第四十二條規定，身高超過一英尺

者均須離開法庭。」

所有人都望向愛麗絲。

愛麗絲說：「我身高沒有一英尺。」

國王說：「有。」

王后說：「都快兩英尺了。」

愛麗絲說：「無論如何，我都不走。更何況那不是常規，是你臨時編出來的。」

國王說：「那是這本子裡最老的一條規定。」

愛麗絲說：「那它應該是第一條才對。」

國王臉色發白，闔上本子，低聲顫抖著對陪審團說：「你們想想要怎麼判吧。」

「陛下請別急，還有別的證據。」白兔急得跳腳。「這張紙是剛剛發現的。」

王后問：「裡頭寫些什麼？」

白兔說：「我還沒打開，但看起來像信，犯人寫給……某個人的信。」

國王說：「那當然，難不成還有信不是寫給『某個人』的嗎？那才叫奇怪哩。」

有個陪審員問：「收件人是誰？」

「沒有收件人，這信外頭什麼都沒寫。」他打開那張紙，又說：「原來這不是信，而是一首詩。」

165

另一名陪審員問：「上頭的字是犯人的筆跡嗎？」

白兔說：「不是。這就是最奇怪的地方。」（所有陪審員都滿臉困惑。）

國王說：「他一定模仿了別人的筆跡。」（眾陪審員恍然大悟。）

傑克說：「陛下明鑒，那不是我寫的，他們也無法證明那是我寫的，上頭沒有署名啊。」

國王說：「你沒署名就更可疑，顯然心裡有鬼，要不然為什麼不像別人一樣老老實實寫上名字？」

這話得到許多掌聲。一整天下來，國王總算說了句聰明話。

王后說：「這證明他有罪。」

愛麗絲說：「這什麼也證明不了！你們連上頭寫了些什麼都還不知道！」

國王說：「唸出來。」

白兔戴上眼鏡。「敢問陛下，我該從哪裡開始唸？」

國王說：「從開始的地方開始，唸完結尾就停。」

以下是白兔讀出的詩：

「他們說你找過她，還跟他提到我，
她說我的人很好，可是不會游泳。

愛麗絲的證詞

他告訴他們我沒去（我們知道那不假）
若此事她不肯作罷，那你會怎麼樣？

我給她一，他們給他二，
你給我們至少三，
他把東西全還給你，但原本是我的。

若我或她扯上這事，那以後全靠你，
他相信你會給他們自由，如同我們一樣。

在我看你曾經是（在她發怒以前）
在他、我們與它之間的一道障礙

別讓他知道她最喜歡他們
這必須是你我之間
不為旁人所知的
一個祕密。」

國王磨拳擦掌說：「這是目前為止最重要的證據，所以，現在就讓
陪審團……」

愛麗絲說：「如果有哪位陪審員能解釋這首詩，我就給他六便士。我不相信這首詩有任何意義。」（這幾分鐘裡她長大了很多，所以一點也不怕打斷他的話了。）

所有陪審員都在石板上寫：「她不相信那首詩有任何意義。」沒有人要出來解釋。

國王說：「如果詩裡沒有含意，那很省事，因爲我們就不用找了。可是我覺得很難說。」他把詩攤開放在腿上，用單眼看。「我好像終究還是看出了一點含意。『……可是不會游泳……』你不會游泳，對吧？」他問傑克。

傑克悲哀地搖搖頭說：「我看起來像會游泳的樣子嗎？」（他是紙牌，當然不能游泳。）

「這就對了。」國王繼續喃喃唸詩：「『我們知道那不假……』指的當然是陪審團……『我給她一，他們給他二……』指的一定就是水果塔……」

愛麗絲說：「但是下面那句『他把東西全還給你』又怎麼說？」

國王得意地指著桌上的水果塔說：「你看，東西不就在那裡嗎！再沒有比這更清楚的了。可是……『在她發怒以前……』親愛的，」他對王后說：「我想你從來沒發過脾氣對

吧？」

　　「從來沒有！」王后氣得朝蜥蜴扔了個墨水瓶。（倒楣的小比爾原本已經放棄，不再用手指在石板上寫字了，因為寫也寫不出字來。現在滿臉墨水往下流，就趁它沒乾蘸著寫。）

　　「那麼那句話在你身上就不適用。」國王笑著環顧全場。全場一片死寂。

　　國王很不高興地說：「這是雙關語！」大家笑了。「讓陪審團想想要怎麼裁決吧。」這句話他今天講二十遍了。

　　王后說：「不行，不行！先判刑再裁決！」

　　「亂來！怎麼可以沒定罪就判刑！」愛麗絲大聲說。

　　「閉嘴！」王后氣得臉都紫了。

　　愛麗絲說：「我偏要說！」

　　王后用盡全力大吼：「砍掉她的頭！」但沒人動手。

　　愛麗絲說：「誰怕你？（她已經變回原來的大小。）你們不過是一副紙牌而已！」

　　她一說這話，整副牌就浮到半空中，然後飛下來打在她身上。一半因為害怕，一半因為生氣，她尖叫了一聲，想把紙牌拍掉，卻發現自己躺在河邊，頭枕在姊姊腿上，姊姊正溫柔地拂去飄落她臉上的樹葉。

姉姉說：「醒醒啊，親愛的愛麗絲！

你這一覺睡得眞久！」

　　愛麗絲說：「噢，我做了一個好奇怪的夢！」她把記得的全講給姊姊聽，也就是你剛讀完的那些奇遇。姊姊聽完親親她，說：「眞是個奇怪的夢，親愛的，時候不早了，快回家喝茶吧。」於是愛麗絲起身跑開，邊跑邊想，那眞是個美妙的夢。

她離開後，姊姊靜靜坐在原地，托著腮看夕陽西下，想著小愛麗絲和她奇妙的經歷，直到自己也做起夢來，她的夢是這樣的：

　　小愛麗絲又用小手緊緊抱住她雙膝，明亮的雙眼專注地望著她。她聽見愛麗絲講話的聲音，看見她輕輕甩頭不讓頭髮飄進眼裡。再聽，靜靜地聽，妹妹夢裡的奇妙動物就栩栩如生在她周遭活了起來。

　　她聽見白兔匆匆經過，她腳邊的長草沙沙作響；受驚的老鼠嘩啦啦游過鄰近的水塘；三月兔和朋友在永不結束的茶會上杯盤交錯；王后尖聲叫嚷要砍倒楣賓客的頭；豬寶寶在女公爵懷裡打噴嚏，碗盤在身邊砸來砸去；鷹頭獅的叫聲、蜥蜴的筆刮石板的聲音、天竺鼠被鎮壓得喘不過氣的聲音，全都在空氣中迴蕩，就連假海龜淒涼的啜泣也遠遠飄了過來。

　　她閉著眼睛坐在那裡，想像自己身在奇境，但她知道最後終究得要張眼回到無聊的現實世界：草是因為風吹，所以沙沙作響；水塘生波是因為蘆葦擺動；叮噹作響的不是杯盤，而是羊鈴；放聲高喊的不是王后，而是牧童；而嬰兒的噴嚏聲、鷹頭獅的叫聲以及其他的怪聲音都只是忙碌農村的眾聲喧譁。（她知道。）假海龜的悲泣在她睜開眼後也會變回遠處的牛叫。

　　最後，她想像這個小妹妹將來長大成人的樣子，想像她成年後仍保有孩子般單純的愛心，想像她把自己的孩子聚集在身邊，講許多奇奇怪怪的故事，讓他們聽得眼睛發亮。也許她會把很久很久以前那個漫遊奇境的夢拿出來講，感受他們單純的喜怒哀樂，並且記起自己的童年，和那段美好的夏日時光。

全文完

草間彌生

一九二九年出生於日本長野縣松本市。作品爲世界各大博物館所收藏，包括紐約現代美術館、洛杉磯縣立美術館、明尼亞波利的沃克藝術中心、倫敦的泰特現代美術館、阿姆斯特丹市立博物館、巴黎的龐畢度中心以及東京的國立現代藝術博物館。草間彌生過去九十年的人生，從日本鄉下到紐約藝術圈又回到當代東京，在這樣的藝術生涯裡她不斷創新再造自己的風格。一九六〇年，她在藝術世界的中心與許多藝術家來往，包括唐納‧賈德、安迪‧沃荷、約瑟夫‧柯內爾和克萊斯‧歐登柏格，一路上影響了許多人。她的藝術以重複的圓點圖案聞名，使用的材料與表現的手法十分多樣，相當驚人，包括繪畫、雕塑、電影、表演以及虛擬實境的裝置藝術。範圍從以強烈半抽象圖象爲特色的紙上作品，到「積聚」系列的軟雕塑，到「無盡的網」系列畫作，精心以無數重複的弧形建構出大型圖案。

以開創性的藝術活動與即興演出成就了美名與惡名之後，她回到出生國，目前是日本最重要的當代藝術家。

草間彌生現居東京，也在東京工作。

「我，草間彌生，
是現代版的愛麗絲。」
草間彌生

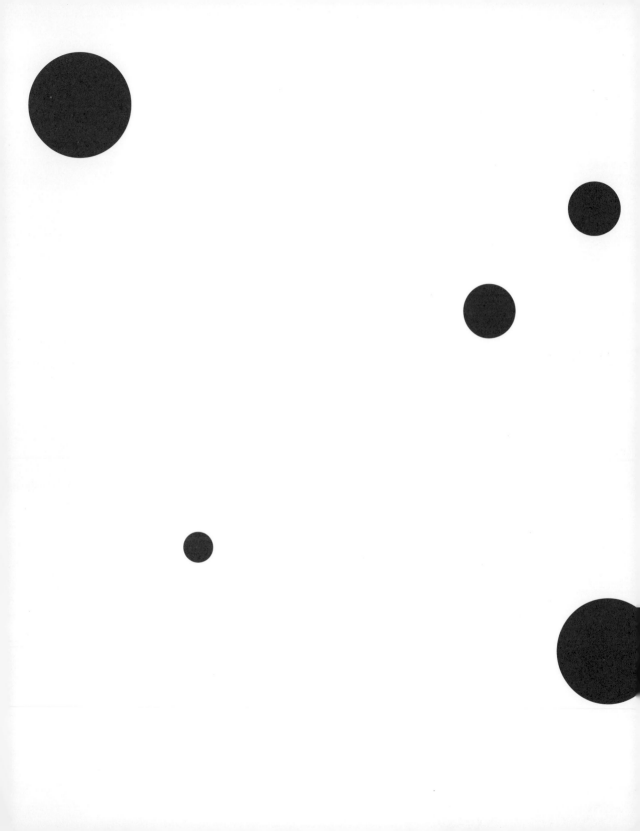